悪役令嬢は夜告鳥（ナイチンゲール）をめざす 2

さと

ビーズログ文庫

CONTENTS

VOL.02

XXXX.XX.XX

AKUYAKUREIJO HA NIGHTINGALE WO MEZASU.

WRITER:SATO　ILLUSTRATOR:SUZUKA ODA

悪役令嬢は夜告鳥（ナイチンゲール）をめざす 2

CHARACTER

✚ セドリック ✚

自国医療の第一人者であるヘネシー卿の子息。
年齢よりも大人びており、リーゼリットのよき相談相手。

✚ ファルス ✚

聡明で優しい雰囲気の第一王子。
小説では冒頭から死亡している設定だったが、リーゼリットが命を救った。

✚ エレノア ✚

小説に登場する「乙女ゲームのヒロイン」で男爵令嬢。
ファルス殿下の婚約者。

✚ クレイヴ ✚

英雄と呼ばれるベントレー公爵の子息。
騎士だったが、従騎士に降格される。

✚ アスコット ✚

西方の国から遊学中の、皇族の血縁。
棒術が得意で、武術大会の優勝候補者。

✚ ランドール ✚

騎士。
騎馬戦では右に出るものがいない。
武術大会の優勝候補者のひとり。

イラスト／小田すずか

プロローグ

長く伸びる石畳の路。車道には車の代わりに荷車や馬車が行き交う。ビルや瓦屋根なんてものはどこにもなく、行き過ぎる街並みはどれも煉瓦や漆喰製だ。

馬車の揺れにも車窓ごしに望む王都の景色にもずいぶんと慣れ、観光気分で心のシャッターを切って回りたい衝動から脱したように思う。

おかげで私も少しはお淑やかに……って、何か屋台がいっぱい並んでますけど⁉

見慣れない屋台の数々に釘づけになっていると、目の前を阻むように馬車が横切り、ガラス窓に一人の少女を映した。

つり目気味の瞳を興味津々とばかりに輝かせた、お世辞にもお淑やかとは言い難いこの少女の名は、リーゼリット・フォン・ロータス。御年十四歳。

日本で看護教諭を務めていたアラサーの私が、この金髪翠眼の伯爵令嬢への転生を自覚してから、早ひと月が過ぎた。ここが前世で一度読んだ小説――それも、架空の乙女ゲームを題材にした『破滅回避ものの悪役令嬢転生小説』の世界だと気づくのに時間を要してしまったのが運の尽き。小説の冒頭で亡くなっていた第一王子に心肺蘇生を施し、命を救ったことで、原作小説の大前提が崩れてしまったのよね。

電気も魔法もない医療黎明期の世界観だというのに、主人公が何もしなければ人が死ぬという鬼畜仕様に気づいたはいいが、元看護師兼ちょっと教師をかじっただけの身では本来の主人公である医師と同じ行動がとれるはずもなく……それならばと、ナイチンゲール女史の偉業をもとに衛生環境の改善から始めることにしたのだ。

さして医療に造詣の深くない家柄の、成人もまだの令嬢の身では、前世知識をひけらかしたところで説得力も何もあったものではないし、この国の医師全員から信頼されるなんてどう考えたって無理。加えて、その地の医療体制や文化慣習にそぐわなければ、どんなに良いものを広めても定着はしないことは自明の理。

そんなわけで私はこの国の医療や統計事情を確認した上で受け入れられやすい方法を模索し、『これが証拠よ、さあ皆はりきっていこう』としたり顔で提示するつもりなのだ。

それこそ、ナイチンゲール女史のようにね。

各分野の協力態勢を整える過程で、諦めていた治療薬開発の算段もつき、現時点での死傷者も出ていない。イレギュラーな転生なりに及第点といったところか。

心肺蘇生法が評価され、医師や騎士団へ大々的に流布できるようになったのも大きい。

国王陛下から言い渡された『ひと月以内の心肺蘇生法の騎士団への伝授』を一週間後に控えているが、こちらも進捗は上々で、さきほど自国医療の第一人者であるヘネシー卿との最終調整を終えたばかりだ。

　思い返せば怒涛の日々だったけれど、医療系の難題だけでなく、喪女には厳しすぎる恋愛イベントをもくぐり抜けてこられたのは――向かいで窓枠に肘をつき、外を眺めている殿下のおかげなのだろう。

　アッシュブロンドの髪と、茶を帯びた赤い双眸が窓からの光に透け、淡く煌めく。残念なイケメンことギルベルト・フォン・クライスラー殿下は、この国の第二王子で一つ年上の、利害一致の婚約者だ。殿下は他から寄せられる婚約話を避けるため。私は第一王子に命の恩人だと知られたくなくて。兄を救ったお礼にと隠れ蓑になってくれているのだ。

　私の視線に気づいたのか、殿下がこちらへと視線を移した。殿下と目が合い、指先までぴしりと姿勢が伸びる。

「何か気になるものでもあったか」

「え、ええ。以前こちらを通ったときよりも、屋台が増えているように思いまして」

　あのミモザの勘違いからまだ日は浅く、目が合うとどことなくぎこちなくなってしまう。少し恥ずかしさの残る私とは違い、殿下は落ち着いたものだ。

「ああ、近々トーナメントが始まるからな。集客を見込んで各地の露店商が王都に移ってきているのだろう」

「トーナメント、ですか？」

原作小説で、何かのイベントとして出てきたような気がする。

なんだっけ、と口元に手をあて考え込んでいると、殿下が解説をくれる。

「おまえは今年が初めてだったか。いわゆる武術大会だ。騎乗して一対一で槍を突き合う馬上槍試合と、二軍に分かれて実際の戦闘を模した団体戦を行い、騎士の武勇を競う」

──思い出したわ。騎士の身に危機が迫るイベントだ。

架空の乙女ゲームの攻略対象の一人として登場し、第一王子不在の小説においては、乙女ゲームのヒロインである、エレノア嬢の恋のお相手となった人物の……。

蘇った記憶に、冷や汗がこめかみを伝う。原作では、元医師だった主人公がこの国にない術式で頭部手術を施し、事なきを得ていた。第一王子も冒頭でいきなり死にかける世界なのだ。騎士の危機も恋愛フラグの有無にかかわらず起こるとしたら……。

「とっと、トーナメントはいつ開催されますの⁉」

「二十日後だ」

は、はつかご………っ。こんなに早い時期のイベントだったのか。

執刀はできずとも、手術環境を整えることで少しは手助けになるかと思っていたけれど、ゴム手袋はまだ完成していないし、検証用の培地だって完全とは言えない。

手術器具の洗浄消毒は前世においても、看護師なら誰もが行っていたものではない。私も一部の用語を知っている程度だし、たとえ経験があったとしても前世と同じ薬品や機材のない状況で、検証もせずにヘネシー卿に広めてほしいとはお願いはできない。

それに、前線医療の経験もこの国の治療薬の知識もない私では、当日の怪我人対応すらままならないだろう。むしろ邪魔。遠目に見学させてもらえたら御の字だ。

今後起こりうる隣国との諍いに向けて前線医療を学ぶ機会にしたいけれど、こと今回の頭部手術に関しては執刀も助言もできないから、根本的な解決には至らない。

トーナメント当日の救護担当と事前に相談して、私にも役に立てそうなことがないか探す、しか思いつかないわ。

その騎士を救う最も確実な方法は、ふんじばってでも出場を止めるくらいだけれども。

件の騎士の特徴は、名前はどんなだったかな……。どんなに頭をひねってみても、騎士も王子と同じく、転生ものの恋愛小説では定番すぎて何一つ降りてこない。

「殿下、何でも結構ですわ。トーナメントについて教えてくださいませ」

漠然としすぎだと文句を言いつつ語ってくれた話によると、王立騎士団だけでなく、国内中の領地のお抱えの騎士たちが代表して参戦する大規模な武術大会らしい。

中でも馬上槍試合は若手騎士の登竜門になっており、その年に騎士に昇格した者のみに参加資格があるのだとか。今年の王立騎士団からは四名が出場予定で、各領地と合わせて例年十数名ほどで競うらしい。

「馬上槍試合の優勝者は、自身の想い人か会場内で最も美しい女性を『美の女王』に選出する権利が与えられる。とはいえ、選ばれる側にも名誉だからな。忠心を伴って主君の恋人や奥方を慕う騎士も多く、その者らを指名することもある。『美の女王』はその後の団体戦で最も活躍した『優秀者』に手ずから栄誉を与えるという役を任う」

槍試合に美の女王。キーワードがつながり、ぼんやりしていた記憶を呼び起こす。

たしか小説では、その騎士がエレノア嬢を美の女王に指名したのちに、団体戦で頭部を負傷したのではなかったか。この情報をもとに、なんとか探し出せるかもしれない。

「団体戦は王立騎士団による防衛戦だと思えばいい。刃先を鈍らせ、勝敗の基準を設けてはいるが、隣国との諍いが落ち着いている今日でも勘が鈍らないよう、ほぼ実戦と変わらない形で行われる。兄は今年が三期目でな、王立騎士団側の大将を務める予定だ。互いの陣営の策を読み合い、知略と陣形を駆使して戦う様は圧巻だぞ」

ほほう、武術大会だけれど頭脳戦でもあるのね。

騎士探索の算段がついて安心したのもあって、好奇心がにょっきりと顔を出す。

「どちらも興味深いですわ。けれど、初めて目にした者でも楽しめますでしょうか」

「馬上槍試合ならその場で解説してやれる。だが、団体戦は別の者に頼め。今年は俺も出場するのでな」

「まあ、では殿下のご活躍を拝見できますのね」

「いいや。参戦するとは言っても、俺は顔見世くらいだ。正式な血統であることは示すが、目立つような真似はしない」

ううむ、トーナメントにおいてもこのスタンスは変わらずか。

というのも、ギルベルト殿下はこの赤い眼のために長く不当な扱いを受けてきたのだ。三年前にファルス殿下のおかげで王家の一員として認められたものの、市井の理解は未だ及ばない。にもかかわらず、兄の治世のため国の安寧のためにと、この不器用な王子は忌避されたままで良しとしているのだ。

殿下の不器用な献身を打ち砕きたいのだけれど、うまい手立てが浮かばずにいる。

今日訪れたヘネシー邸でも、『伝達講習の際に俺の名は出すな』と念押ししていたことを思い出し、頑なな殿下の様子にため息が零れた。

「残念ですわ。国王陛下が褒めていらした殿下の剣技を堪能できると思いましたのに」

「……当日は難しくとも鍛錬でなら、まあ……見せてやれないこともないが」

それまでまっすぐだった殿下の視線が外れ、形の良い唇が手に覆われる。

陛下に褒められると弱い性質を突けば、ちょっとくらいははりきってくれたりしないかなと思ったけれど、ダメだったか。

……いや待てよ。もしや、これはいい機会なのでは？

騎士団の鍛錬の見学に赴けば、件の騎士を事前に探すことができる。

トーナメントの救護担当に渡りをつけることで、前線医療の現状把握も行えるし、治療薬を学ばせてもらえばトーナメント当日の役に立てるかもしれない。

一石二鳥どころか、四鳥も五鳥もゲットできてしまうのではないだろうか。石を投じた先の鳥の頭数を思い浮かべ、口角がにんまりと上向くのを止められない。なかなかに悪どい顔をしていたと思うのだが、視線を外したままの殿下は気づかなかったようだ。

「興味があるというなら、鍛錬の見学に招いてやっても……」

「ぜひお願いしたいですわ!!」

食い気味に了承の意を伝えれば、殿下は少しだけのけぞった。

「おまえな。あれほど城を避けていたくせにどんな掌返しだ」

「掌返しも何も、とても興味がありますもの」

「そう、か。まあ、兄様の指揮の見事さも鍛錬でなら解説してやれるし、兄様と話すいい機会にもなる。エレノア嬢も見学に訪れているから、居づらくはないだろうしな」

殿下の頬がじわじわと赤く染まり、眉根が寄せられていく。

本日のツンデレタイムですね、ありがとうございます!!

「さっそくですが、殿下。私、もう二つほどお願いがございますの」

「いくら何でも強欲すぎるだろう?」

殿下のぼやきは笑みで受け流し、私はドレスのポケットから令嬢の必須アイテム、カルネドバル——親指サイズのメモ帳と鉛筆を細い鎖でぶら提げたもの——を手繰り寄せ、ぱりぱりと小さな紙をめくる。

記者よろしくメモを携え顔を上げると、私の勢いに気圧されたのか、殿下がたじろぐ。

「おい、言っておくが、内容によるからな」

こんなこと言いつつも、なんだかんだと殿下はお願いを聞いてくれちゃうことを私はよく知っている。まったく、素直じゃないんだから。

すました体を装い私の要求を待つ殿下に、私はほっこりした心地で口を開く。

「鍛錬の見学の際に、トーナメントの救護担当をご紹介いただきたいのですわ。また、エレノア様に想いを寄せる、馬上槍試合の優勝候補をお教え願えます？」

私の依頼に殿下は一度、二度と目をしばたたかせ、額に手をあてると、それはそれは重いため息をついたのだった。

「今度は何を始めるつもりだ……」

はて、その重いため息の理由は何だろう。

第一王子健在の現在、エレノア嬢がファルス殿下の婚約者となっているからかな。

うーん、『お兄さんの婚約者に想いを寄せる相手を知りたい』というのは、さすがにまずかったかしら？

一章◆悪役令嬢、危機一髪

青々とした空、ゆったりと雲が流れる、のどかな午後。あたりには金属の擦れる音や威勢のいい声が響く。王城の一角に設けられた王立騎士団の鍛錬場では、総勢百名ほどの騎士や従騎士たちが細身の剣を一心に振るっている。

見学の依頼をした日の翌日、殿下がさっそく願いを叶えてくださったのだ。救護所の方は担当者と予定が合わずに後日となったが、いずれにせよ仕事が早くて感謝しきりだ。

私は給水所傍の東屋に腰かけ、口をほけっと開いたまま、初めて見る剣戟に見入っていた。中でもとびきり目を引くのは、アッシュブロンドの髪に赤褐色の瞳の――

「ギルベルト殿下は、剣がとてもお上手ですね」

視線の先の人物を言い当てられ、ぎくりと肩を揺らしてしまう。

隣の席を見やれば、私と同い年の男爵令嬢、エレノア・ツー・マクラーレン嬢が、青みがかった緑の瞳を緩ませていた。エレノア嬢が愛らしいしぐさで小首を傾げると、首元で巻かれたまばゆい金髪がふんわりと揺れる。

そう、この可憐なご令嬢こそ、私が前世で読んでいた小説に登場する、架空の乙女ゲームのヒロインである。

「リーゼリット様の頬がつい緩んでしまうのもわかりますわ」

「いやですわ、エレノア様ったら。そのようなこと……っ」

慌てて頬に手をあててみたところで判別などできないが、……緩んでいたやもしれぬ。

口元はまず間違いなく、気が抜けたように開いていたからね。

一石四鳥五鳥はどうした。ここに来た目的そっちのけで眺めてしまうとはなんたる不覚。

それもこれも殿下の攻め方が反則級なせいだから。

国王陛下の話は嘘や誇張ではなかったようで、素人目に見ても動きに無駄がない。剣筋は鋭く、ほんのりS味さえ感じさせるほどなのだ。

剣を沿わせて相手の剣を沈めて靴で抑え込み、膝をついた相手の喉元に剣を突きつける……なんてものを見せられた日には、『ひええ何今の、もう一度見せてもらえます⁉』と食い気味にもなるでしょう？

微笑まし気にこちらを見やるエレノア嬢の意識を逸らしたくて視線をさまよわせると、白い鍛錬服に身を包んだ第一王子が目に入った。

プラチナブロンドに金の目を持つファルス殿下は清廉で優し気な印象を抱かせるが、さすが乙女ゲームのメインヒーローと言うべきか、その剣筋は確かなものだ。

「ファルス殿下も、動きがたいへん洗練されていらっしゃるかと」

「ふふ、リーゼリット様が考案された胸元の布のおかげですわ。胸の湿布を取り替えた際に、胸の痛みで激しい動きができず、鍛錬が進まないと零されておいででしたもの」

「そ、それはようございましたわ……」

役に立てて光栄ではあるのだけれど、エレノア嬢の語る簡易バストバンドは実のところあまり褒められた代物ではないのだ。『私が行った心肺蘇生で折れた肋骨を、私が保護する』という、驚きのマッチポンプ仕様なので。

一命を取り留めたファルス殿下は事故当時の記憶がなく、エレノア嬢を命の恩人に認定。めでたく乙女ゲームのメインヒーローとヒロインの最も正しい形が成立し、私は万事解決と安心しきっていたのだけれど、エレノア嬢が後ろめたさに心を痛めていることを知り、浅はかな考えだったことに気づいたのだ。

すべてを打ち明けて身を引こうとするエレノア嬢の誤解を解き、あわや悪役令嬢の道に入るところをなんとか逃れ、『ファルス殿下に恩人でないと打ち明けることを止めはしないが、その際はどうか私のことは内緒にしてほしい』、『私はギルベルト殿下と共に過ごしたいので現状で全く問題ないけれど、エレノア様が気に病むようなら新薬製造にお力添えを』と頼み込み、了承を得て今日に至り——

「リーゼリット様。実はこのほど父の了承を得まして、ファルス殿下にかねての件を打ち明けましたの」

んえっ、ええ⁇　……はや、えっ、行動早っ……！

「そ、そそ、それはいつ頃のことですの？」

打ち明けるとしても、もっとこう、何か成しえたあとじゃいけなかったのかい？

しかも場合によっては即バレ必至なのではなかろうか。背中を伝う汗が止まらない。

「ご安心くださいませ。疑惑がそちらに向かわぬよう、リーゼリット様が我が家にお越しいただいた日から間を空けてお伝えしました」

「ご配慮くださり感謝いたしますわ。それで、ファルス殿下は何と」

「それが、『二度も僕を救ったというのに謙遜だ』とおっしゃられて。未だ信じていただけませんの。心肺蘇生も胸の痛み軽減も、リーゼリット様の功績ですのに」

「そうでしたか……」

考えてみれば、謙遜だととるのも無理はないのか。なにしろファルス殿下は、あの日の私の一連の行動を『勇敢で優秀な上に慎ましくて素敵』と評したほどなので。

実際は怒鳴り込んで割って入り、制止を振り切って人工呼吸を施し、身バレはごめんだと逃げ出したんだけどね……。あの日の恩人に対してありうべからざる善なるイメージを持つファルス殿下が、淑女の鑑のようなエレノア嬢から恩人ではないと告げられたとしても、慎ましさに惚れ直すだけなのだろう。

……もうこれでよくないか？

いやだめだわ、エレノア嬢の後ろめたさは変わらない。

とはいえこの有様では、他の誰かを本当の恩人だと提示しなければファルス殿下は納得しなそうな気もするんだけれど……。しかもこのタイミングでは誰を提示しようと——それが私であってもなくても、二人の仲がこじれる未来しか見えない。

ううむと悩む私の思考を、大きな鐘の音が阻む。周囲の従者が慌ただしく飲み物の準備を始め、鍛錬場に散っていた騎士たちが我先にとこちらへ足を向ける。どうやら休憩時間のようだ。

「諦めずに告げてみます。ファルス殿下に本当の私を見ていただきたいですもの。リーゼリット様、聞いてくださってありがとうございます。あちらお手伝いしてまいりますね」

エレノア嬢はにこりと微笑み、東屋を出ていき、慣れた手つきで差し入れのレモネードを割って振舞い始めた。

なんてまっすぐで誠実なのだろう……私のようにあれこれ策を弄したりしない。ものすごく応援したくなる。姿勢も心持ちも、何もかもがヒロインの鑑だわ……！

見習うべきなのだけれども、人生二度目の私に純粋さをまねろというのは酷な話だ。悲しいかな、一度失った純心は帰ってこない。それに今は、すべきことがあるので。

この機を逃すまいと私はカルネドバルを手繰り寄せ、真鍮の表紙を開いた。そこには、書き留めておいた二人の騎士の名と特徴が記されている。

馬上槍試合の優勝候補。このどちらかが件の騎士ではないかと踏んでいるのだ。

領地のお抱え騎士では関わりにくいだろうから、まず対象は王立騎士団内に絞られる。エレノア嬢は今ファルス殿下の婚約者だけれど、殿下曰く、エレノア嬢はもう何度も騎士団を訪れているようだし、主君の恋人や奥方を慕う者も多いというから、件の騎士の想い人が原作と変わらなくとも何らおかしくない。なんたってあの魅力だ。今も何人かの騎士が遠くからエレノア嬢に熱い視線を送っているほどだしね。

殿下は『人の恋愛事情なぞ俺が知るか』とのことで確定には至らなかったけれど、強い方は聞けた。馬上槍試合の出場者四人のうち二人に絞れただけでもありがたいわ。

こんなに大勢の中から四人を探し、それぞれの動向をチェックするなんて、いくら目があっても足りないものね。

事前にわからなくとも、馬上槍試合で優勝した人の団体戦出場を阻めばいいのだけれど、番狂わせが起きない保証はない。優勝者をふんじばって安心していたら、本当のお相手騎士が頭部負傷したなんてことになればとんだ悲劇だ。確実に見つけておきたい。

はてさて、この特徴を持つ騎士はっと。カルネドバルの記述をもとに、やや小柄で赤毛の短髪に黒い瞳の人物と、灼けた肌に明るい茶色の長髪に藍色の垂れ目の人物を探す。

ちょうどそれらしいお二方をエレノア嬢とファルス殿下の傍に見かけた。見回しても他に同じような特徴の方はいないから、この二人で間違いなさそうだ。

どちらか一方が明らかなモブ顔なら話は早かったのだけれど、そう甘くはないらしい。

他の騎士たちはレモネードを受け取って散らばっているというのに、二人はしっかりエレノア嬢の近くに陣取っているところを見ると、さすがはお相手候補といったところか。

しかも灼けた肌をしている方が、おもむろにエレノア嬢へと顔を寄せたのだ。

そ、それはもしや、西洋諸国に存在すると言われるチークキスというものですか……⁉

うわーっ！　す、すごい……っ！　本物だ、本物だ！

流れるような所作がものすごく様になっていて、両頬を寄せる挨拶を終えたあともエレノア嬢との距離が心なしか近いような気がする。

しかもファルス殿下の前だよ、勇気あるな。エレノア嬢はにこやかに受け流しているが、ファルス殿下の笑顔は凍り付いているようにも見えるよ？

すかさず赤毛の騎士へと目を向ければ、その様子をなんとも楽しげに眺めている。

ううむ、こっちの騎士からは、エレノア嬢への恋心はみじんも感じられないような？

「さっきから何を一人で百面相している」

金属製の水差しとカップを手に現れたのは、据わった目をしたギルベルト殿下だ。

「まあ、百面相だなんて。別に楽しんでいるのではございませんわ」

初めて目にするチークキスにはしゃいでいたことは否めないが。

殿下は私の手の中にあるカルネドバルを認めると、昨日と同じ重いため息をついた。

「あれか……エレノア嬢に懸想している騎士がどうとかいう……」

「当たりですわ！　殿下からお聞きした情報をしっかり役立てんとしておりますのよ」

カルネドバルをどや顔で掲げたが、殿下の表情は喜ぶでもなくげんなりとしたものだ。

「今度は何を始めるつもりか知らんが、奇行に興じるのはせめて兄と騎士団長に挨拶をすませてからにしろ。少しは心証が良くなる」

殿下はそう言って、レモネードがなみなみ入った水差しを渡してくる。

なるほど、普通のご令嬢であればドレスをふわりと持ち上げて挨拶に回り、エレノア嬢に手伝いを申し出て、にこやかにレモネードをふるまい、会話を楽しむのだろう。

一人で人間観察にいそしみ、目を輝かせるようなこともなく。

でもね、ちょうど今、ファルス殿下とエレノア嬢の傍にお相手候補が揃っているのだ。

現在の位置どりから考えて、騎士団長と多少会話してからファルス殿下の元へ向かっても、件の騎士たちとのエンカウントは必至だろう。

私は遠巻きに誰が件の騎士かを見極められればよいのであって、いきなり渦中に飛び込みたいわけではないのだ。せめてお相手候補たちが離れた頃に臨ませてはくれまいか。

「ええと、そうですねえ……あら殿下、カップの中身が残り少なくなっておりますわ。今お注ぎいたします」

「いや、俺は必要ない。いらないと言っているだろう」

殿下が隠そうとしたカップを追いかけ、溢れそうなほどに注ぎ入れて時間稼ぎを図る。

「おいっ、いくらなんでも入れすぎだ」

私の思惑通りに殿下は足を止め、慌ててレモネードに口をつけた。もう一回くらいは注ぐつもりで機を窺っていたのに、いつもと異なる服装につい目を奪われてしまう。

間近に見る鍛錬服は動きやすさに特化しているようで、華美な装飾がない分、引き締まった体躯がよくわかる。普段から騎士に混じって鍛錬をしているせいだろうか、十五歳とは思えないほど鍛えられている。

いつもきっちりと着込んでいる殿下の、少しだけはだけた襟元と、上下する喉ぼとけになんだか動揺してしまって、慌てて視線を逸らす。

「どうした」

「……っ、別に何でも……！　おっおかわりいります⁇」

頬が熱くなっているのが自分でもわかるくらいなのだ。

今は顔を覗き込まれたくなくて、水差しを持ち上げて隠す。

「いるか。ほらもういいだろう、兄のところへ……」

顎で給水所を示す殿下の顔が突然沈んだ。

何ごと……っ⁇

「なんだよ殿下、独り占めはよくないなあ。俺もリーゼリット嬢からついでもーらおっと。

俺ランドール、よろしくな！」

背後から殿下にのしかかったままカラッとした笑顔を見せるこの方は、誰あろうお相手候補の一人だ。

ランドール・ツー・フォルクス。十八歳。体格はやや小柄で、赤毛の短髪に黒い瞳。殿下曰く、騎馬での戦いにかけては右に出る者がいない、だったか。

突然目の前に現れたお相手候補に、私は動揺しすぎて目をしばたたかせてしまう。

それもこんな砕けたノリでやってくるとは誰が思おう。

「……っ重いぞ、ランドール」

殿下がなんとか姿勢を戻そうとするが、遠慮なしに乗り上げられているのか、見た目のわりに重量があるのか、うまく押し返せないでいる。

「お初にお目にかかりますわ、フォルクス卿。ええと……」

私がこのままレモネードを注ぐのはまずかろうと逡巡していると、別の人物がランドール様を引っぺがした。

「せっかく二人でいたところを悪いね。トーナメントが近いせいで浮かれているんだ」

「う、わわ。アスコット様、首締まってる、締まってるから！」

ランドール様は襟首をつかまれ、宙に浮いた足をばたつかせている。

片手で人一人持ち上げられるなんて、いったいどんな腕力をしているんだ。

「助かった、アスコット」

「このくらい、なんてことないよ」

アスコットと呼ばれた騎士は、疲れた顔で襟元を整える殿下にゆるりと笑いかけると、ランドール様を地面に降ろした。

この国では珍しい、健康的な灼けた肌が眼前に迫る。

アスコット・フォン・リヴァーレ。十八歳。腰まである栗色の髪を緩く一つに束ねて前に下ろしており、灼けた肌に藍色の垂れ目が上品さと妖艶さを醸し出している。

西方の国から遊学中の、皇族の血縁。棒術が得意で体幹がよく、どこからでも多彩な攻撃を繰り出す、技巧派の……もう一人のお相手候補だ。

「はじめまして、リーゼリット嬢だね。会えてうれしいよ」

「こちらこそ、リヴァーレ公」

動揺を内に隠して笑顔を返す。直接の対峙を避けたつもりが、逆に集まってしまった。

こうなったら、会話の中で探るしかないが……初対面でそこまでできるかなあ。

「アスコットでかまわないよ」

流れるように腕を取られ、そちらに意識が逸れた一瞬のうちに、アスコット様の頬が眼の前を埋め尽くす。突然のことに頭が真っ白になり、ただ固まる私の腕を殿下が引き剝がして、間を阻むように立ってくれた。

で、殿下――――――っ！　いつも本当に、本っ当にありがとう‼

まさか私にもチークキスをされるとは思わなくて、完全に意表を突かれたわ！

びっくりしすぎて未だに胸がバクバクしている。

「おや。ただの挨拶だよ？」

「アスコットの国ではな。いくら顔を寄せるだけとはいえ、この国ではその手の挨拶に不慣れな相手が多い。特にこいつはその典型だ。控えてもらえると助かる」

「ギルは過保護だな」

アスコット様は殿下とその後ろで警戒を強める私へからかいの目を向けてくるが、私にはそのくらいの方がありがたいのだ。元日本人も軽率に顔を寄せたりしませんので！

しかし困ったわ。先のエレノア嬢への対応でアスコット様が優勢かと思ったのに、ふりだしに戻ってしまった。逆に、早々に決めつけずにすんで良かったのかな。

ともあれ、零す恐れのなくなったランドール様のカップへとレモネードを注いでいたのだが、その間、向かいからじっと顔を覗き込まれている気配を感じていやに戸惑う。

「あの、フォルクス卿。何か」

「ん？　いやあ、リーゼリット嬢は病弱な深窓のご令嬢だってもっぱらの噂だったからさ。血色もいいし、表情豊かでかわいいし、殿下よかったなって思って」

八重歯を覗かせた、太陽のような笑みが眩しい。

さすがお相手候補。人畜無害そうな顔をして、人たらしだったりするのか。

「ああ、俺もランドールでいいから。堅っ苦しいのは苦手でさ」

「かしこまりましたわ。ではランドール様、アスコット様とお呼びします」

印象の薄さでの消去法もできそうにないなと前途多難っぷりを実感していると、横から空のカップがずいと突き出されて面食らった。

そういえば、殿下にお代わりの有無を尋ねていたところだったっけ。

ああ、心臓にぎゅんとくる。

そっぽを向きながらねだる、君はどのツンデレ星からやってきたんだい？

「ギルはリーゼリット嬢相手だとこんな感じか。今日の鍛錬も、すごく気合が入ってたしね。ふだんはあんな攻め方しないくせに、誰かさんに披露したくてがんばったんじゃないかと俺はふんでるんだけど」

何ですかそれは。アスコット様の見解の殿下がかわいすぎて震えるわ。

「気のせいだ」

殿下は眉間に縦じわを刻み、語気を強めて否定する。

「なんだよそれ、ちょっとでも俺たちに視線が向かうのすら嫌なのかよ」

頬をつんつんしてくるランドール様を殿下がひと睨みしているのだが、全く効いているようには思えないのが切ないところだ。

意外にも、殿下は騎士団でからかいがいのある弟分のような扱いなのね。

すばらしいわ、殿下の良さがわかっている。

「違うって言っている。おいリーゼリット、もう十分話しただろう、行くぞ」

殿下に手を取られ、一歩進んだところをアスコット様の言葉が追う。

「ギル。心配せずとも、リーゼリット嬢はおまえに釘づけだったよ」

その内容に、全身の毛が逆立ったんじゃないかと思うくらいにぎょっとする。

「な、は、何を……ち、違いますわ！　知人がいればそちらに意識が向くものでしょう？　珍しい一面に驚いただけで、別に私は、かっこいいなどと思って見ていたわけでは」

「はは、俺はかっこいいだなんて言ってないけどね」

いっ……今のは単なる言葉のあやでしょう⁉

違います、と蚊の鳴くような声で否定したところで、真っ赤な顔であわあわと震えていては効果などない。騎士たちにかわいがられている殿下をほよほよと楽しんでいたのに、まさかこちらにも矛先を向けてくるなんて。隣の殿下の顔が見られない。

「見せつけやがって！　いいなあ、羨ましい。……早くトーナメントにならねえかな」

絶賛動揺中であろうと、ランドール様のため息混じりのぼやきを聞き逃す私ではない。

お相手候補を絞り込む絶好の機会だ。あわあわしている場合じゃない。

「ま、まあ！　ランドール様はどなたか心に決めた方がいらっしゃるのかしら。お二方とも、美の女王をどなたにされるか、もうお決めになられて？」

　この機を逃すまいと切り出す私に、二人の騎士は目をぱちくりとさせる。

　いち早く口元に弧を描いたのはアスコット様だ。

「おや、そこが気になるんだ？」

「リーゼリット嬢は楽しみ方がわかってないなあ。トーナメントは俺たちの一大告白イベントだぜ。身分も役職もなく焦がれた想いを内に秘め耐え忍んだ恋心を、試合で優勝して初めて打ち明ける。最っ高のロマンだろ？　それを先に明かすのは野暮ってもんだよ」

「はは、ランドールのは果たして秘めているのかどうか」

「いやいや、男たるものアピールできる機会は逃さないでおかないと」

「つい今しがた秘めるべきだと言ったのはこの口かな……？」

「あだだだだだ」

　ランドール様はアスコット様に上唇をつねられ、涙目になっている。もはやコントだ。

　ふむ。ランドール様がわかりやすいなら、エレノア嬢が想い人とは考えにくいか。

　でも、チークキスを単なる挨拶だと認識していれば気にするものでもないのかなあ。

　こんなことならエレノア嬢の傍にいるときに寄っていくべきだったか……。

「おっ、クレイヴ！　こっちこいよ、殿下とリーゼリット嬢がおもしれぇの」

　私が悩んでいるうちにランドール様はアスコット様から解放されたらしく、ちょうど近くを通りかかった人物を手招きで呼び寄せている。

こちらへと足を向けたのは、黒髪黒目の——クレイヴ・フォン・ベントレー。

ファルス殿下が馬車に轢かれた際に、私が親を呼びに行かせたあの従騎士だった。

国王陛下への謁見後に、あの日のお礼だと言って『令嬢に跪く騎士の図』を披露してくださったのでよく覚えている。

見知った顔に、互いに目だけで挨拶を交わすと、クレイヴ様はすぐにランドール様に捕まった。殿下のかわいいところだとか、私と殿下が似た者同士だとか……特に後半はいらないでしょと思うような内容を聞かされ、言葉少なに頷いている。

以前お会いした際も頑なに無表情だったっけ。休憩中でも、同じ騎士団員に対してでも変わらないんだなあ。

私もこのくらい表情筋を固定できれば、猛者たちと渡り合っていけるのかしら。

「今年の団体戦の大将は、ファルス殿下とクレイヴの親、ベントレー公爵なんだ。この国に来て初めて参加するトーナメントで、一国の英雄と戦えるなんて光栄なことだよ」

ベントレー公爵は先の戦いで大きな戦果を挙げた方だ。光栄だと語るアスコット様をはじめ、騎士たちの沸き立つ様子からも、よほど得難い経験なのだろう。

「クレイヴが騎士として出られれば、いい親子対決になったろうに。従騎士の身では対峙は難しいだろう。惜しいことをしたね」

「いえ」

畏まった面持ちのクレイヴ様の髪が、ランドール様の手でぐしゃぐしゃに乱される。

「あの公爵閣下を怒らせて従騎士に降格だなんて、いったい何やらかしたんだおまえは」

なんと。『令嬢に跪く騎士の図』がずいぶん様になっていると思っていたら、クレイヴ様は騎士だったのか。

真面目そうなのに謹慎中とは意外だわ。公爵様は実子に厳しい教育方針なのかしら。

「すぐにトーナメントだぞ、平謝りしてでも許してもらえって」

「おい、そろそろ休憩も終わる。話し込んでいないで戻るぞ。リーゼリットも来い」

殿下はランドール様の襟首をつかんで引っ張り、引きずるようにして踵を返す。

給水所を見れば、殿下の言うように従騎士や従者たちがカップを片づけ始めているようだ。私は軽くなった水差しを手に、殿下たちのあとを追った。

先の様子しかり、やいやい言い合いながら前を歩く様はなんとも気安いものだ。

「何やら面食らった顔をしているね」

アスコット様は私の歩幅に合わせ、ゆるりと目を細めた。

「え？　ええ。皆さまの距離がとても近くていらっしゃるので」

「はは。王族や他国の皇族への距離感にしては、砕けすぎているよね。ランドールは誰に対してもああだけれど、あいつが特別というわけでもない。聞いた話だけど、三年前にファルスが騎士団に頭を下げて頼んだらしいね。『弟が自然体でいられる場所を、一つでも多く作りたい』と言って。そのおかげで俺も気楽に過ごさせてもらっているよ」

騎士たちとの遠慮のない関係性は、ファルス殿下の声かけによるものだったのね。

ギルベルト殿下の出自の正当性を示しただけで、その後は何のフォローもしていないのかと邪推していたわ。市井の理解が及んでいないのは単に公式行事の参加機会が少なかっただけなら、トーナメントでのギルベルト殿下の活躍も期待できるかな。

殿下の不器用な献身を打ち砕く日がそう遠くないなら嬉しい。褒められ慣れていない殿下が歓声を浴び、必死にすました体を装う姿を思い浮かべ、一人頬を緩ませる。

そんな私の様子を、ファルス殿下が目を光らせていたとは知らずに。

「リーゼリット嬢。個別に話がしたいのだけれど、少し時間をもらえるかな」

給水所に水差しを戻し、騎士団長とファルス殿下に簡単な挨拶をすませたところで、ファルス殿下から呼び止められた。

何の話だろう、改まられると怖いんですけど。

「ファルス殿下、私もご一緒してよろしいでしょうか」

「ごめんね、個人的な依頼のようなものだから」

声をかけてくれたエレノア嬢の優しさに歓喜していたというのに、一瞬でかき消される。

にこやかに断るファルス殿下を前に、エレノア嬢はそれ以上食い下がってはくれない。

「ギルベルトも。リーゼリット嬢を借りてかまわないかな？」

「はい。俺の方に問題は何も」

待たれよ。なぜ私が了承の意を告げる前に、着々とお堀が埋められていくのか。

この強引さ、本当に似た者兄弟だな。

拒否権はなくなってしまったが、エレノア嬢の配慮のおかげで私に恩人疑惑が向かうことはないはず。話の内容は、以前諫言をもらったときのように、騎士たちへの気安い対応が目に余るとかそんなところかな。

一対一で話せるなら、ギルベルト殿下の不器用な献身を打ち砕くための相談をするのにいい機会だ。例えば今後、私が市井への理解を促す言動をとっても、ファルス殿下の了承済だとあらば、ギルベルト殿下も頷かざるを得ないものね。

再開された鍛錬を横目に、ファルス殿下に続いて給水所を出る。ファルス殿下は鍛錬場の外れの、ちょうど死角になる位置で足を止めた。

「さきほどこれを拾ってね。リーゼリット嬢の落とし物で合っているかな」

掌に見覚えのあるカルネドバルを載せ、ファルス殿下が柔らかく笑う。

大事な覚書があるはずの場所になく、慌てて駆け寄る。

「えっ、あら。ありがとうございます。拾っていただいたのですね」

ファルス殿下に掌を差し出すが、なぜかその掌に載せられることはない。

この手をどうしたら？　と戸惑っていると、カルネドバルが再び握り込まれてしまった。

「ランドールにアスコット。どちらも馬上槍試合の優勝候補だ」

「……中身をご覧になられたのですか？」

「誰の落とし物か、わかるのではと思ってね」

カルネドバルには私の名も紋章も入っていない。私の筆跡を知る由もないファルス殿下がエレノア嬢の筆跡と区別しようとしたのだとしても、鍛錬場には他に侍女もいたのだ。わざわざ私を呼び出さずとも、あの場で誰の持ち物かと声を上げればすむ。それをしなかったということはつまり……。

「君は、美の女王でもめざしているのかな」

「考えたこともございませんわ」

「その割には、つい今しがた優勝候補たちと仲良く過ごしていたようだけれど」

ほらみろ、やはり諌めるために呼び出したのだ。続く言葉は予想できる。以前指摘されたように、『弟の婚約者として誤解を招く行動は控えろ』と言うのだろう。

ファルス殿下の淡々とした口調は詰問するそれではないが、的外れな意見と立場の面倒くささにため息が出そうになる。

「私が呼び寄せたわけではございません。ギルベルト殿下が傍にいらっしゃいましたので、ご確認くだされればわかります。その記述も、ギルベルト殿下に馬上槍試合の見どころについて教えを請うただけですわ」

「わざわざ、こんなに詳細なメモを残して？」

「せっかく教わったものを忘れてしまうのは忍びないですもの」

さあ返してと再び掌を見せてみても、ファルス殿下はカルネドバルを指先で遊ばせるだけだ。まだ何か納得できないでいるのか。

自分の言動を再度思い返してみても、今日は諫めるに足る怪しい行動はなかったはずだ。

……ないよね、たぶん。責められるいわれはない。きっと、おそらく。

「本当にそう思っているのかな」

「どういうことですの？」

「間違っていたら申し訳ないのだけれど。君、エレノア嬢に圧力をかけていないよね？」

……………………どゆこと？

大きく斜めにぶっ飛んだ質問に、何を問われているのか理解できずに数秒固まる。それ以外に何ができるというのか。いろいろ想定して返答を用意していたのに、どれも役に立ちそうになくて全部すっ飛んだわ。

「エレノア嬢が言うんだ。僕の命を救ったのは私ではないと。正式な婚約は待ってほしいと。それも、マクラーレン邸を君が訪れて少し経ったあとからね。直後ではなく日を空けていうのがなんとも狡猾だ」

エッ、エレノア嬢の配慮が仇になっているー!!

ふるまいに対する諫言だと思って気を抜いた途端にこれだよ。

何なの、こっちの反応を見るための策略か何かなの??

早鐘を打つ心臓が、まるで囃子太鼓のようにどこどこ刻む。

落ち着こう、ひとまず恩人疑惑は出てないようだから……いや、待て待て冷静になれ。ファルス殿下の理屈はおかしい。これでは私が悪だという発想ありきじゃないか。

「お待ちください。その理屈では、日を空けずとも私の圧力だとおっしゃるのでは?」

「君ではと疑う理由は別にあるからだよ。エレノア嬢は以前からたびたび表情を曇らせることがあってね。あの日君と連れ立って部屋を出たあと、エレノア嬢が泣きはらした目で戻ってきたときからもしやと注視していたんだ。エレノア嬢の謙虚さを利用し、君が彼女に訂正を強要し、王太子妃の座に割り込もうとしているのではないかな」

そうきたか。私が恩人だとみじんも思っていないのはありがたいよ。

でも、この見解は予想だにしていなかった!

「誤解ですわ!! エレノア様とは単に親しくさせていただいているだけで。あの日涙ながらにエレノア様が語られたのは……っ」

『私にごめんなさいして身を引こうとしていた』なんてことは絶対に言えない。言えば理由を問われるだろうし、諸々こじれるだけだ。かくなる上は……！

「ファルス殿下が馬車での一件を吹聴なさっていることがつらい、というお話でしたわ。私に打ち明けられたことで落ち着かれましたの。泣きはらした目だったとおっしゃいましたが、その際のエレノア様のお顔は晴れ晴れとされていらしたのでは？　馬車の一件でむやみにエレノア様を褒めそやすことを避けてみてはいかがでしょう。それだけでエレノア様のお顔が曇ることはなくなるかと」

回らない頭で、我ながらよくがんばったと思う。

嘘は言っていないし、これでファルス殿下が周りに触れ回らなくなれば儲けものよ。

勝利を確信した笑みが悪役令嬢はかくやなものになっていないか不安ではあるけれど。

「第一、私にはエレノア様に圧力をかける理由がございません」

「そうかな。僕には心当たりがありすぎるくらいなのだけれど。君はギルベルトの婚約者を名乗りながら、他の令息と浮名を残し、今度は馬上槍試合の優勝候補にまで目をつけている。その欲深さならばエレノア嬢の後釜をも狙っていてもおかしくないからね」

な、なるほど……これまでの私の立ち回りが、ご令息たちを手玉に取っている悪女のごとく思われたのね。実際は、医療改善や危機回避に駆けずり回りながら、元喪女が恋愛小説の世界の荷の重さに頭を抱えていただけなのだけれど……。

いや、誤解されるのも無理はないのか。婚約者がいる身で他の令息を家に泊めたり泊めてもらったりとやりたい放題だったしね。令嬢としての評判くらい、医療の前ではなんぼのものよと。その令嬢らしからぬ行動が、まさか巡り巡ってこんな形で悪役令嬢の疑いを持たれることになるなんて。令嬢はかくあれかし文化を甘く見ていたわ……。

「君には胸の痛みを和らげてもらった恩がある。だからこれは忠告だけれど、もし僕の考える通りであれば逆効果だと伝えておくよ。君の言動を思えば僕と同じように捉える者は少なからず出てくる。婚約者の信頼を踏みにじり、エレノア嬢の謙虚さを利用するようなことがあれば、不審に思われこそすれ好意的に思われることはない」

わざわざ呼び出してまでこの場を持ったのは、清廉な王子の計らいというわけか。

僕は君を悪意ある令嬢ではないかと疑っている。そう思う者はこの先も増える。このまま疑惑の行動を続けるようなら断罪も辞さないから、そのつもりでって？

申し訳ないことに、ファルス殿下の予想は何一つかすりもしていないのだけどね！

ああもう、と頭を掻きむしりたくなるのをなんとか堪え、憤りを吐いて散らす。

「ご忠告痛み入りますが、ファルス殿下のご懸念には及びませんわ。私がこっ、……好ましく思う方は、ギルベルト殿下のような少し不器用なところのあるお人柄ですので」

この手の話題は何回言っても慣れやしない。元喪女に負荷をかけるのはやめていただきたいよ。じわりと熱くなる頬にむち打ち、言葉を続ける。

「以前にもファルス殿下から諫言をいただきながら、その後も危ぶまれるような行動をとったことは事実ですので、今更弁明いたしません。ですが、他の方にはこれっぽっちの興味もございませんわ。その点は誤解なきよう」

私が好き放題やってきたことは認めるけれど、どれも医療改善や危機回避のためであって、小説内で語られる乙女ゲームイベントを全攻略する気はない。元喪女がちやほやされたって手に余るだけだ。王太子妃になるつもりはもっとない。むしろ、これ以上ないほど避けまくっているというのに。

「本当に、エレノア嬢に負担を強いたり、弟を踏み台に考えてはいないんだね？」

「断じて。お二人を敬愛しておりますもの。必要でしたら誓約書をしたためますわ」

どれほどの効力があるかは知らないが、求められれば血判だってしよう。ファルス殿下と同じように、私も二人を大事に思っているのだ。疑われるのは心外でしかない。

「ギルベルト殿下にいたっては、むしろお抱えになられている諸問題を打ち砕きたいと思っているほどですから。私は殿下ご自身に『俺の婚約者でよかっただろう』と言わしめることを目標としておりますので」

「……うん？　……ギルベルトが、君に、で合っている？」

「その方向で間違いございませんわ。ギルベルト殿下にもその旨を宣言しております」

私の言葉はファルス殿下にとって寝耳に水だったのだろう。

穏やかな笑みか、圧を感じさせるもの以外の表情を初めて見た気がする。

「申し訳ないのだけれど、一度整理してもいいかな」

こめかみに手をあてたファルス殿下が、私の前に掌をかざして制止を図る。

どうぞと促せば、言葉を選びながら質問をよこされた。

「つまり君は、自身を蔑ろにしがちなギルベルトの意向に真っ向から反対し、なおかつ考えを改めさせた暁に誇示するのではなく……ギルベルトに誇らしくあってほしいと」

「はい。不当に貶められたままの方が国のためになるなど、同意できかねますもの」

私への認識に大きな齟齬があったのだろう、ファルス殿下がいっそう複雑な顔になる。

「他の令息にあちこち手を……失礼。わざわざ浮名を流すようなことをしているのは？」

「配慮が行き届かず結果的にそうなってしまいましたが、いずれも私の夢を叶えるためにご令息方の協力が必要だったのですわ。その、こうと決めるとわき目もふらずに邁進する癖がございまして、反省しきりではございますが」

その夢とは、との問いに言葉を詰める。

どう答えたら新たな恩人疑惑を生まずに、悪役令嬢の疑惑を払拭できるのだろう。だが、ここで口を噤んだり目を逸らせば怪しさ満点だ。冷や汗とともに言葉を絞り出す。

「そ、それは、エレノア様のご活躍に感銘を受けまして、人々のお役に立てるようにと」

ファルス殿下は固く目を閉じた。どうやらこれまでの諸々を擦り合わせているようだ。

「……なるほど、君も僕と似たくちだったたか。……申し訳なかった、ひどい侮辱を。僕はてっきり、ギルベルトが悪い女性に捕まったのかと……」

ファルス殿下はカルネドバルをこちらへと差し出し、恥じ入るように告げる。

改めて見返してみると、このカルネドバルの記述内容もほぼ外見覚書だものね。

これまでの私の行動も併せ、傍から見ていれば、『どれだけの男に手を出す気だ』とつっこみたくなるのも無理はないわけで。婚約に待ったをかけるエレノア嬢の存在もあいまって、婚約者としても兄としても気が気でなかったのだろう。

「いえ、私も誤解を招く行動をしておりましたから。ですが、本日お話の機会をいただけたことは僥倖でしたわ。ファルス殿下にご相談したいことがございましたので」

すわ悪役令嬢認定かと驚きはしたが、いきなり公の場で断罪なんて暴挙ではなかったし、話してもらえたおかげで恩人だと伏せた上で悪女疑惑を解くこともできた。その上――

「聞こう。どういった相談だろうか」

ファルス殿下のこの真摯な姿勢が得られたことは大きい。私に対して不信感を抱いたままでは、ろくに耳を傾けてもらえなかったろうからね。

「先に述べた『諸問題』についてですわ。ギルベルト殿下はご自身の功績をひた隠しにされ、悪しき噂を今後も放置するおつもりなのです。トーナメントも初めての出場ですのに、顔見世だけだとおっしゃっていらして。私では促しても拒まれてしまいますの」

ギルベルト殿下が頑なな理由は、第二王子という立場を慮ってのものだ。

私が原作を捻じ曲げたせいで、殿下の能力や言葉、行動を示す機会を奪ってしまったというのに、今の私では何もさせてもらえない。ファルス殿下の力がいるのだ。

「血筋の正当性を示されたのも、騎士団をギルベルト殿下が過ごしやすいよう整えられたのもファルス殿下だと伺っております。また、国王陛下の『ギルベルト殿下の行く末はファルス殿下次第』とのご意向も。今後、ギルベルト殿下ご臨席の公式行事が増えるご予定なのでしょう？　ファルス殿下の口添えをいただけたとあれば、きっと殿下の心持ちも変わりますわ」

「そこまで聞いているんだね。……ただ残念だけれど、僕の口添えでもギルベルトは変わらないよ。自身の有益さを示すためにと、弟が父に提示したものを覆さなければ」

「といいますと？」

「ギルベルトは塔から出る際、己の眼と過去を試金石にと進言したんだよ。正式な後継として公表する弊害と理は何かと問われ、『弊害は自身が王位簒奪を望み、国が割れること。理は周囲に御しやすいと思わせることで、王家に叛意を抱く者をあぶり出せる』と。父の言う僕次第とは、ギルベルトの提示した理の代わりを示せという意味だよ」

な……っ、あの親子は本当にもう……！　王家に叛意を持つ者をあぶり出す⁉︎

子どもにこれ幸いと押しつける親も親だが、自分から提示する子も子だ。

やり方は全部ファルス殿下に任せる、くらいでいいじゃないの。

ままならなさと歯がゆさに首を掻きむしりたくなるが、ふと違和感を覚える。

「……あら？　ですが、騎士団に頼み込まれたのでしょう？　ギルベルト殿下が自然体でいられる場所をと。それでは逆効果になりませんか」

「たとえ叛意を持つ者を狩り尽くしたとして、その後同じような者が出てこない保証は？　結果、弟は一生を費やすこととなるだろう。また仮に僕が死ねば、弟は誰をも信用できずに孤立してしまう。僕亡きあと、王立騎士団を率いるのは弟だ。一人も欠かず信頼に値しなければ、背を預けることすら難しいからね」

なるほど、先を見据えた上での判断というわけか。

原作でも、ファルス殿下亡きあと孤独と重圧に耐える殿下にとって、ファルス殿下の残した騎士団という拠りどころは、どんなにか支えとなっていたことだろう。

「歴史を知るほどに、血族間の争いへの憂慮も理解できる。だが、どれほど頑健な国にしようと病気や怪我で父や僕が命を落とすことは避けられまい。次代を担う者が誰も信頼できないでは、弟だけでなく民にも悲運を招く。それを理とは言い難いからね。ギルベルトとともに双璧を築き、次代の治世を盤石なものとする。それが僕の出した答えだ」

……ギルベルト殿下の口ぶりから、聡明なのだろうとは思っていたけれど。期待以上だ。めちゃくちゃに心強い!!

「ファルス殿下、心より賛同いたしますわ！」

「ありがとう。とはいえ、弟も頑なでね。なかなか首を縦に振ってくれないんだ。なにしろ僕に、何度も暗殺の手が伸びているものだから」

ははは、と笑いながら話しているが、笑い事じゃないからね。原作だと冒頭で亡くなっているんだぞ。しかもこの様子では、馬車も気球も事件だった線が濃厚なんでしょう？

「それもあってギルベルトの考えを頭から否定するつもりはないんだ。邪魔をしないように譲歩しつつといったところかな。少し、時間はかかっているけれど」

……納得したわ。互いを大事に思うがゆえに困難さに拍車がかかっているのね。『暗殺の芽を摘むより、兄亡きあとも考慮した方がいい』なんて、殿下には受け入れ難いもの。

私が暗殺を確実に阻止できれば万事解決だけれど、何にもわからないからなあ。

「どれほどのご英断であっても、今まさに暗殺の手が及ばんとしている、大恩ある方から言われましたら頷けませんわ。もともと独力でも諦めるつもりはございませんでしたもの。ご事情もわかりましたし、微力ながら私もお手伝いいたします」

「これは僕自身の課題だよ。君の手を煩わせるつもりはない」

「こういったことは、当人同士では意固地になるだけです。一人では難しくとも二人なら……そうですわ、エレノア様はこの話をご存じですの？」

「いいや、エレノア嬢にこういった話は。成しえたあとに報告をとの思いがあるのね。

ほほう。ファルス殿下にも、好きな子にいいところをとの思いがあるのね。

「エレノア様へご相談されることをお勧めしますわ。私はもう何度も彼女の知識と発想力に助けられておりますの。きっと力になってくださいますわ」

なんたって乙女ゲームのヒロインだからね。それに、エレノア嬢もファルス殿下に並び立ちたいと話していたのだ。二人の仲が深まるなら巻き込まない手はない。

「彼女は僕を頼ることなく努めているというのに、僕だけ弱音を吐くのは憚られるよ」

「まあファルス殿下。これは持論でございますが、想い人に悩み事を打ち明けられることは、心を許されたように感じて嬉しいものですわ。殿下から歩み寄ることで、本音で語らえる仲になれましてよ」

「……前向きに考えてみよう」

おや、青春が眩しいね。手ごたえを感じて、明るい気持ちで鍛錬場へと足を戻す。

「そもそもファルス殿下はどのようにしてギルベルト殿下をお知りになられたのでしょう？　出生を秘匿されていたと伺いましたわ」

「出生時に一度会っているんだよ。その後亡くなったと聞いていたのに、乳母が人目を避けるように塔に出入りするのを見かけてね。不思議に思ってあとをつけたんだ」

ファルス殿下、正統派王子のなりをしてなかなかやんちゃな方だったのね。

「塔で初めてギルベルトと会ったときは全身で警戒されたよ。何度も訪れると、また来たのかと言いながら嬉しそうでね。かわいくてつい頭を撫でてみたら、撫でやすいようにか、頭をほんの少し寄せてきたりして」

なにそのかわいさは！　殿下ってば、そんな小さな頃から不器用な甘え方を？

想像するだけで感嘆のため息が漏れちゃうじゃない。

「当時の写真などはございますの？」

「絵姿であれば。出入りしていた乳母が絵の上手な人でね。今度持ってこよう」

僥倖ーっ!!　思わずガッツポーズを繰り出してしまう。

「気球のときに膝枕の話をしていたけれど、君に対しても甘え方が不器用なのかな」

「はい、あの、そうですね。膝枕の状態で私のお腹に腕を回されまして、しがみつくかのようにぎゅっと……」

光景を想像したのだろう、ファルス殿下は足を止め、口元と胸元を手で押さえている。

「それは、……とてもすばらしいね。ぜひ見たかった」

「両殿下は仲がよろしいので、ファルス殿下には素直なのだとばかり」

「あぶり出しのためにも、周囲には僕と仲が良いと思わせたくないらしい。喜ぶ姿を人に見せまいと、必死に耐える姿も好ましいのだけれど」

「もしや騎士たちの前で、あえて褒めるようにしていらっしゃいました？」

「わかってしまったか」

騎士団の面々がギルベルト殿下に対して一様にお兄さん気質なのも頷ける。

目の前でそんなかわいいやり取りを見せられれば、我も我もと思うだろう。

「なんてこと……最高のツンデレ養成所ですわ……」

「ツンドラ？」

思わず漏れ出た呟(つぶや)きを、ファルス殿下が聞き返す。

「ツンデレですわ。ええと、ふだん取り澄(す)ましていたり素っ気ない態度を取られる方が、時々下手な甘え方をしたり、意地を張りつつ好意を覗かせること、でしょうか」

「はは、そのままギルベルトだ」

なんだろう。この同好の士(し)と語らうような楽しさは。沸き立つような喜びは。

ファルス殿下も同じように感じているのか、笑顔がいっそう光り輝いて見える。

がっしりと固い握手(あくしゅ)の一つでも交わしたいほどだ。いや、脳内ではもうしている。

うららかな春の今日の良き日、ここにツンデレ殿下を愛(め)でる会を結成する！

一人決意を固める私を前に、ファルス殿下は小さく噴(ふ)き出した。

「失礼を。弟の話のときだけ目の輝きが違うのだもの。ギルベルトが一度リーゼリット嬢とゆっくり話し合うべきだと言っていた理由も頷ける。もっと早く話せばよかった」

「私こそとても有意義でしたわ。ぜひまたギルベルト殿下のお話を聞かせてください」

一時はどうなることかと思ったけれど、疑惑もすっかり晴れて、今じゃ頼もしい同士だ。

ファルス殿下のことを鬼門(きもん)だなんだと敬遠していないで、ツンデレ愛を熱く語るべきだったのね。まあ、いきなり熱弁されても困るだろうけれども。

スキップでもしそうな心地で鍛錬場の方へ視線を移すと、こちらを窺っていたギルベルト殿下と目が合った。なかなか戻ってこない私を気にかけて見に来てくれたのかな。

なぜいつものように牽制に来ないんだか。大好きなお兄さん相手にはできないとか？

それとも、お兄さんを取られそうで寂しくなっちゃったとか。

それで遠くから見るにとどめていたって？　かわいすぎるでしょう!!

「殿下！」

あまりの不器用さに胸がほこほこし、満面の笑みで向かう。私に見つかったのが照れくさいのか、踵を返して歩き始めた殿下に小走りでなんとか追いつく。

「……よほどいい話ができたようだな」

「はい、とってもよいお話ができました。もっと早くにお声かけすべきでしたわ」

「兄様は聡明で思慮深い方だからな。おまえとも話が合うと思っていた」

「本当にその通りでしたわ。同好の士に巡り合えた心地ですの」

さきほどの殿下の様子をファルス殿下に伝えたら、きっと打ち震えるに違いない。

絵姿を見せていただくのも、共謀でギルベルト殿下を盛り立てるのも今から楽しみだ。

「リーゼリット様！　何やら張りつめたご様子でしたが、大丈夫でしたか？」

心配そうに駆け寄ってくるエレノア嬢に満面の笑みを返してお伝えする。

少しの誤解はあれど疑惑は解消されたこと。私が恩人だと知られてはいないが、馬車の一件でエレノア嬢を誉めそやすことはなくなるだろうこと。それから、ファルス殿下からエレノア嬢にとあるお願いが入るだろうことも。

目をぱちくりとされるエレノア嬢へ、私は『詳しくはファルス殿下まで！』と案内人の定型文よろしく締めるのだった。

「勤勉なギルベルト殿下が、相応の教育も専用の図書室をも得られぬとは。実に惜しいことです。私にもっと力があれば、殿下をふさわしいお立場に推薦いたしますのに」

まだ日も上がりきっていない、薄暗い書庫の一角。力ない笑顔で応対すれば、狐のような目の侯爵は情けをかけるふりをして滾々と持論を展開し、気分よく去っていった。

能力を過少評価されていると不満を募らせる者、家督を継げず落ちぶれるばかりの者。そんな輩には、存在を秘匿され虐げられて育った第二王子はかっこうの獲物に映るようだ。無力なうちに取り入っておいて、『万が一』の際の後ろ盾になる心づもりらしい。俺を国の要として欲するでも、父の治世に代わる大義があるわけでもなく、ただ権力と私腹のために。

俺に向けられる目はこの手の類か、同情もしくは畏怖や侮蔑、関わり合いになりたくないという拒絶がほとんどを占める。

だからこそ、まっすぐに俺にぶつかり、寄り添おうとするリーゼリットは異質だった。

『殿下が幸せだと思う日を諦めない、そのときを隣で』と宣言されたのは少し前になるが、未だ耳にこびりついたままだ。国に身を捧げ、兄と、ほかでもないリーゼリットの幸せを願うなら忘れた方が身のためだというのに、我ながら諦めが悪い。

目を閉じれば、昨日の鍛錬での兄とリーゼリットの姿が浮かぶ。漏れ聞こえる明るく弾んだ声と、互いを見やる深い慈愛の眼差し。リーゼリットにいたっては頰を染めてすら。

……これまでリーゼリットが兄を避けてきたことの方が異例だったのだ。兄の人となりを知れば、あるべきところにおさまる。それが自然で、何ら憂うことなどない。

兄も、こうして話をする機会さえ持てばすぐにリーゼリットの魅力に気づく。

たとえ恩人だとわからなくとも、相手が誰かのものだったとしても、人間性に惹かれることは往々にしてあるのだ。俺がそうだったようにな。

横道に逸れた思考を正し、侯爵の話に出た名を脳裏に刻む。監視の目を厳しくし、動向に気を配り、兄の暗殺を未然に防ぐために。この身を存分に使い、俺は、俺にしかできないことをやればいい。

二章◆手は広げるものなので

小窓から差し込む明かりに照らされ、部屋を舞う埃がちらちらと光る。ヘネシー邸内の薄暗い半地下の研究室。お世辞にも居心地が良いとは言い難い空間ではあるが、なじみの薄い実験器具が並ぶ様は実に興味をそそられるものだ。

この部屋に一つ、私にもわかる器具が追加された。ガラス製の蓋つきの平皿、シャーレだ。これまでは試験管で液体培地を使用していたところを、固形培地への転換を機に、業者に頼んで作ってもらったのだ。平皿の方が、私が予定している固形培地を使った消毒法の検証もしやすいだろうと。

さてこのシャーレという名前。おそらくドイツ語だと思うのだけれど、ここでは何と呼べばいいのだろうね？

「リーゼリット嬢が話していた消毒法の検証がゼラチン培地でも行えるのか確かめようとして、いろいろな菌を培養してみたんだ。そうしたら、ゼラチン培地の問題点が培養量以外にもいくつか見つかった」

私とギルベルト殿下とエレノア嬢が覗き込む中、セドリック様が研究室の作業台の上にシャーレを一枚、また一枚と並べていく。

アオカビとは異なる菌の入ったゼラチン培地を軽く揺らすと、固まっているはずの培地が、シャーレの外に零れそうなほどゆらゆら揺れた。これはもはや液体だ。

「ご覧の通りだよ。菌によってはゼラチンを溶かしてしまうし、温めるのも不可。保温しないと培養できない菌の場合、培地が固形を保つことができないんだ」

はあ、なるほど。だから前世でもゼラチン培地という名前を聞かなかったのね。

「それもふまえて、この間エレノア嬢から教わった材料での培地を試してみた」

眼鏡の縁を押し上げ、ここまではいいね、と私たちの顔を見回すのは、同い年のセドリック・ツー・ヘネシーだ。自国医療の第一人者である医師、ヘネシー卿の一人息子で、原作小説内の架空の乙女ゲームでの攻略キャラの一人。

血が苦手な彼に基礎医療の道を示したところ、なんとペニシリン製造を買って出てくれた。基本的に素っ気ないし、ちょっと生意気なところもあるけれど、語学や医学知識に秀でた頼もしい存在だ。

さあ結果はいかにと目を輝かせる私の前に、新たに二枚のシャーレがことりと置かれる。一方は白っぽい培地にもりもりアオカビが茂っているが、もう一方は白く濁っているだけで、カビらしきものは生えていない。

どっちがどっちかなんて簡単だわ。もりもりの方が寒天培地でしょう。簡単な推理ねと一人で得意げになっていると、セドリック様は逆の方を指さしこう言った。

「こっちが寒天培地。ごく少量で固まるし、温めても培地の形を保てるけれど……アオカビは育たなかった」

えっ、な、なんで？　そんなことある⁇

寒天培地は私でもその名を知るほどなのだ。アオカビには向かないのか、何か育たない原因でもあるのか。ゼラチンにあって寒天にないものって何なの……カロリー？

「コーンフラワーは、アオカビの培養に向いているみたいだね。ゼラチンよりもよく育っているし、寒天ほどではないにしろ温度変化にも強い」

意外すぎだよ。しかも、めちゃくちゃ使い勝手がいいじゃない。エレノア嬢の話に出てきたから、ついでに検証材料に紛(まぎ)れ込ませただけだったのに。

コーンスターチ(コーンフラワー)の培地なんて前世で聞いたこともなかったんだけど、何か問題でもあるのかな。専門家でない私が知らないだけで、その道のプロでは愛用されているの？

驚(おどろ)きの検証結果に目を丸くしていると、エレノア嬢が頰(ほお)に手をあて小さく首を傾(かし)げる。

「コーンフラワーにはアオカビが育ちやすい栄養分が入っているのでしょうか。でしたらコーンスティープリカーも試してみますか？　コーンフラワーを作る際の副産物で、液体肥料として用いられておりますの」

「素敵(すてき)ですわ！　もしコーンフラワーと同じようにアオカビが育つのでしたら、コーンスティープリカーを寒天で固めることで両方の利点を生かせますものね」

ええ、と笑顔で頷くエレノア嬢の知識に痺れる。

乙女ゲームではエレノア嬢がセドリック様とともにペニシリンを開発する設定なのだ。

さすがだわ、なんて頼もしいの。お誘いしてよかった……!!

「ちょっと待ってよ、なんでそんなに寒天を推すの。コーンフラワーもコーンスティープリカーも同じ原料から作られるんだから、そっちを混ぜればいいんじゃないの」

それもそうか。私が寒天推しなのは前世がその有用性を示しているからなのだけど、残念ながら寒天培地が前世で重用されていた理由も、何が足りないのかも説明できない。

なにせ培養なんて一度もしたことがないから、ごく一般的な知識止まりなのだ。

「だいたい、この二つもいいばかりじゃないんだからね。寒天もコーンフラワーも濁るせいで、ブイヨンやゼラチンよりもアオカビだけ培養できているのかわかりにくいっていう欠点もあるんだからさ」

「寒天はお砂糖を足すことで濁らなくなるそうですわ」

「砂糖を？　……うーん。なら、いろいろ混ぜて試してみるか」

すばらしい。エレノア嬢とセドリック様のタッグの心強さよ。

「培地の材料でこうも育ち具合が異なるのだろう？　使用するアオカビの種類や採取場所にはこだわらなくていいのか」

それまで静観していた殿下の零した新たな示唆に、思わず目が輝いてしまう。

「私、その視点もとても良いと思いますわ！」

私の勢いに気圧されたのか、殿下は少しのけぞり視線を逸らす。

「……っ、ああ。では、城で得られるものを届けさせよう」

「でしたら私は修道院に頼んでみますわ。修道院にはご家庭からの寄付や異国の食材が届きますので、城とはまた異なるものがご用意できるかと」

埃舞う光の筋に照らされ、二人がより一層輝いて見える。

こんな風に知識やアイディアを持ち寄って問題を解決していくの、楽しすぎる！

「ちょっと、また君は何を勝手に進めてるの」

「まあセドリック様。活発な意見交換の場は望んで得られるものではございませんわ。開かれた議論を行える環境がどれほど貴重か」

しんと静まり返った議場、これといった意見もなく過ぎていくだけの時間浪費のつらさと虚しさは経験した者にしかわからない。

君はもっと二人のありがたみに気づくべきなのだよ、セドリック君！

握りしめた拳に弁舌にと熱が入りそうな私を、セドリック様は冷めた目で見やる。

「いやいや、検証するの僕なんだけど。……って」

セドリック様は殿下に視線を移すと、小さく舌打ちして押し黙った。

以前殿下が見せた、セドリック様の了承を引き出す技を警戒したのだろう。

殿下は負けず嫌いなセドリック様が他者の発案に素直に応じられるように憎まれ役を買って出てくれたのだ。しかし、私にとってもあれはたいへんいたたまれないので、しなくてすむならありがたい判断だわ。

「はあ……じゃあこれは、その検証がすんでからだね」

私たちに見せようとしていた、いくつかのシャーレが片づけられていく。

聞けば、ゼラチン培地とコーンフラワー培地で育てたアオカビのどちらが、ブドウ球菌を増えにくくさせるか確認したのだという。どんなにアオカビが増えやすくても、そのアオカビの生成するペニシリンの効力が弱ければ何の意味もないものね。

「やることが山積みですのね」

「まあね。培地が決まったら、マウスの膿んだ傷に塗って実際の効果を確かめてみる予定だったんだけど。この分だと先は遠そうだ」

シャーレ内の状況と差異の少ない手法を試みているのだろうか。なぜだか嫌な予感がする。

「そのあとはどうされますの？」

「十分な効果が確認できたアオカビで、塗り薬にできるように試作してみる予定だけど」

……やはりか。

「少し、資料をお借りしてもよろしいかしら」

ペニシリン開発者の論文を開き、指で辿りながら読み進める。聞きなじみのない専門用語はセドリック様の解説に助けられながら、どうにか全容を理解した。

なんてこと。開発者、ペニシリンを塗り薬として紹介しているわ。

塗り薬では、塗った箇所への効果しか望めない。用途も外傷のみに限られるから、多くの疾患が適応から外れてしまう。嘘でしょ、せっかくの良薬が……。

どうやって方向転換を促したものかと唸っていたが、はたと気づく。

そもそも注射や点滴自体が、この国にあるのか？

「セドリック様。血管内に直接、薬や水分を注入する治療法はあるのでしょうか」

「いきなり何？　……以前、父様が考案して試みたことはあるようだけど。一時的に回復はしても亡くなることが多くて、普及はしなかったはず」

なんと。注射も点滴も、これから作っていくのか……気が遠くなることしかないな。

……いや、めげるな。ヘネシー卿が元となるものを考案してくれていたのは僥倖だ。

一時的に回復はしたということだから、注入自体は行えていたのだろう。

前世と同じ材質・形状とすることも難しいだろうから、ヘネシー卿の考案品を転用できるならそれに越したことはない。

「その器具を見ることは叶いますか」

「構わないけど、なんでいきなり血管内注入の話に？」

「ペニシリンを血管内注入すれば、血流に乗って体中の感染症への効果が得られますわ」

「……とんでもないこと言い出すね、君。僕がさっき言ったこと聞いてた？」

「人死にの出ないよう、改良いたします」

死亡原因は、おそらく消毒法の未確立により、器具自体が感染要因にでもなったか。無菌調剤の知識もなさそうだから、飲用の薬液を血中に注入したかなのだろう。

すべきことは、器具消毒法の確立、施行者への教育の徹底。無菌調剤も必須だし、適切な輸液量と輸液速度、電解質補正も考えないといけない。あらゆる事故や合併症を防ぐための手立てが必要だ。いずれも難関ではあるが、塗り薬のままにしてしまうことを思えば、活路は果てしなく広く、諦めるには惜しい。

「君が必要だと言うなら、その方向で進めてみてもいいけど」

すました言い方ながも、セドリック様の口角は上がっている。自分の手がけている薬が無限の可能性を秘めているのだ、そりゃあ気分も高揚するだろうて。

その分、セドリック様の難易度も跳ね上がったんだけどね？

頼もしい相棒に大きな頷きで返し、さっそくヘネシー卿の作った器具を見せてもらった。

一言でいうなら、自転車の空気入れかな。金属製の大きな手押しポンプ。大きなポンプの先に針はなく、脇から水たばこの吸い口のような長い金属管がついている。

ポンプ内の薬液の吸い上げ側と注入する側それぞれに球状の弁がついており、薬液の流れを一方向にしているようだ。ポンプを引いて薬液を吸い上げ、金属管の先端を皮下静脈に刺して注入するというものだったらしい。金属管は長く細く、またポンプの内部がねじ式になっていることで、一度に多量に注入できない構造になっている。

手押しポンプという形状は、前世で使用していた注射器に通じるものがある。ごく微量を皮下へ持続的に注入する点滴法もあったわけだし、前世のものと大きくかけ離れた方法ではない。ヘネシー卿の先見の明と試行錯誤したであろう苦労の跡が見て取れる。

器具の使い回しによる感染を防ぎたいが、素材の問題に加え、前世と同じような大量生産ができない以上、器具の使い捨ては現実的ではない。

となると、前時代的ではあるけれど、ガラス製が妥当か。傷がつきにくく劣化しにくく、中の確認も、洗うこともできる。

「セドリック様、シャー……ええと、培養容器をご依頼された工房はどちらでしょうか。ガラス製での試作をお願いしたいの」

「地図を書くよ。父様の紹介だって言えば融通してもらえる」

あとは針とチューブね……。せめて洗浄消毒が難しい箇所だけでも単回使用にできるとよいのだけれど。血液媒介感染の危険性をどうやって示したらいいのか。

ひとまず、金属加工や、プラスチックの類似品がないか、うちのレヴィに相談だな。

乾燥を待つ石膏像の頭部が、棚にずらりと並ぶ。遠目では彫像のように見え、ともすれば美術室にでも迷い込んだのかと思うほどだが、鼻口部分に穴の空いた同じ顔が並ぶ様はちょっとしたホラーだ。

「リゼ姉さま、迷われませんでしたか。このあたりは似たような建物が多いでしょう」

三つ年下の従弟のレヴィは、私とよく似た少しつり目気味の緑の瞳をほわりと緩ませた。

「カイルに案内を任せたから無事に辿り着けたの。入り組んだ小道の先で驚いたわ」

専属護衛とともにヘネシー邸を後にした私は、セドリック様から教わったガラス工房に立ち寄り、この工房へと足を向けたのだ。ここは職人街の一角に建つ、とある工房。

騎士団への心肺蘇生法の伝達をスムーズに行うために模型人形の量産をレヴィにお願いしたところ、お父様が工房と職人を丸ごと借りきってくれたのだ。

まずは騎士団伝達分を、そののちに国中の病院に配置する分の制作に移ってもらう。

奥の釜には火がともり、石膏を型に流し込む作業が行われている。あっちはゴムの撹拌作業だろうか。壮年の男性がレバーを回して練り上げているようだ。

目を丸くして作業風景を眺めていると、レヴィにそっと手を取られた。

「姉さま、足元にお気をつけください。濡れているところもありますので」

「ありがとうレヴィ」

　何でも開発しちゃう、ふわふわ栗毛の天使のようなレヴィことレヴィンとは、一時期を姉弟同然に過ごしていたことから、レヴィ、リゼ姉さまと呼び合う仲だ。

　レヴィは私が何かに夢中になると足元がおろそかになることはもとより、幼少期から朧げな前世の記憶でいろいろやらかしたことも、実の親が嘆くほどの奔放さもよーく知っているはずなのに、なぜか私に片想いしているのだという。

　レヴィン・ツー・フォード。架空の乙女ゲームの攻略キャラの一人だが、原作小説の最後では別のご令嬢と結ばれていたため、幸せな未来が確約されたも同然の人物だ。

　ゆえに、私への想いは近所のお姉さんに向けるような、いわゆる淡い初恋であろう。『あんなときもあったね』『もう忘れてください』とのちにキャッキャする青春の一ページだ。私にしてみればその日が今から楽しみでならないのだけれど、のちにレヴィの黒歴史となる期間は極力短い方がいい。

　それゆえ私は軌道修正を図るべく、水面下でお相手のご令嬢を捜索中なのである。

　レヴィに案内され工房内を見回っていると、とあるスペースが目についた。鎧の胸板をひっくり返したような金属板の上に、目地の粗い布を広げ、石膏をまぶしている。別の布を水に浸して軽く絞り、布の上に広げては重ね、なじませるように撫でているのだ。

──似たようなのを、前世で見たことがある。入院患者のギプスの巻き直しに付き添ったときのことだ。こうやって白い粉のついた包帯を水に浸して巻いていた！

ギプスだ、と声に出ていたのか、レヴィがこちらを振り返る。

「さすが姉さま、よくご存じですね。石膏は異国の言葉で、ギプスというのです」

なんと。材料なんて気にしたこともなかったけれど、あれは石膏だったのか。

「ギプスと呼ぶその国では、戦地での骨折箇所の固定に用いているようですね。骨折部位を木枠で覆い、石膏を流し込んでいるのだとか。石膏を流し込む方が短時間ですみますし、医師の手が空くと考えられたのかもしれませんね」

「そうなのね。先日訪れた病院では、石膏を使った骨折治療を見かけなかったのだけれど、この国には流布していないのかしら」

以前、殿下とヘネシー卿の病院を訪れたことを思い出す。骨折治療は軽度であれば接ぎ木での固定や軟膏湿布、それ以上はもれなく切断だったような。

「たしか長期間石膏で固めたままにするとうまく動かなくなるから……だったかと。そのため、その国でも戦場に戻るための一時的な処置としてのみ用いているようですよ」

なるほど、神経損傷への対処法がないというわけね。それでギプス固定を病院で見かけなかったのか。注射やペニシリンと違って、せっかく今ある材料でできそうなのに。

「レヴィ、少しだけ知恵と工房を借りられるかしら」

「なんなりと」

ドレスを汚さないようにとエプロンをお借りし、作業台の上に材料を用意する。

「あらかじめ包帯に石膏を付着させておいて、包帯を水に浸すだけで使えるようにしたいの。骨折した箇所に濡れた包帯を巻きつけて固定するという方法よ」

「包帯自体に石膏がついていることで、手間と時間を短縮できるのですね。ただ、一度水を与えた石膏は、その後水に浸けても再び硬化することはありませんから、泥状の石膏を事前に塗り付けた包帯を作っておくという方法は向きませんね」

なんと。さっくり作れるものだと思っていたのに。そううまくいくものでもないか。

レヴィは棚からいくつかの缶を取り出す。二人で手分けして何枚かの布にはけで接着剤を塗り広げ、石膏粉末を目いっぱいまぶして重しを載せた。

「これで一晩おいてみましょう。どの方法が良いかはまた後日ですね」

ほんわかと笑顔を向ける、レヴィの手際の良さにはいつも驚かされる。

そしてふと気づく。前世ではギプス包帯箇所の水濡れは厳禁だったことを。

「以前作ってもらった呼吸の補助具を、使用するたび洗いたいと思っていたの。もしや洗うことができないのかしら」

「表面に細かな穴が空いていますので、洗うとかえって汚れが入り込んでしまうかと。カビや変形の原因にもなりますし、水洗いされるようでしたら素材の変更が無難です」

なんてこと。石膏は万能というわけでもないのね。プラスチックが切実に恋しい。

「加工しやすく、水にも洗剤にも強い材質があるとよいのだけれど。できれば安価で量産可能だととても嬉しいわ。それに、たくさん頼んでしまって本当に申し訳ないのだけれど、金属製品でも加工と量産が可能なものを探しているの……」

我ながらとんだ無茶ぶり案件だわ。かぐや姫も真っ青のあれもこれもな要求だというのに、レヴィの天使のような朗らかさは変わらない。

「でしたら姉さまの都合の良い日に素材を見に参りませんか？　ちょうど今、万国産業大博覧会という催しが行われているのです。実は姉さまご依頼のゴム手袋に行き詰まっておりまして、知見を得るためにも、ぜひ姉さまと一緒にと思っていたのです」

そう言ってレヴィが差し出したチラシには、『各国の最新鋭の技術が集う』とある。

電気はないがガス灯や蒸気機関車はある、くらいのざっくりとした認識でしかなかったけれど、ここに行けばこの世界の技術力をより具体的に知ることができるのか。

展示品の項目には医療器具や金属加工の記述もある。素材探しだけでなく、ギプスのように、異国にしかない技術や医療器具が見られるかもしれない。

しかもここ、原作小説でも主人公とレヴィが向かったところでは？

うっすらぼんやりとした記憶では、レヴィがロータス家に養子として迎えられていて、姉弟仲良く観覧しに行ったような覚えがあるのだ。

ただ、レヴィから淡い恋心を寄せられている今、いたずらに期待をさせたくないし、殿下の婚約者として醜聞を立てられるのもよろしくない。二人きりはまずかろう。

「殿下をお誘いしてみるのは……」

「それだけはどうかご容赦を」

笑顔のレヴィに提案をばっさりと打ち切られ、折衷案としてお父様かおじ様の同行が条件となったのだった。


翌日、再び騎士団へと赴いた私は、小さな紙片を手に打ち震えていた。

休憩中にファルス殿下が『ギルベルトには内緒だよ』と言って幼少期の姿絵を見せてくれたのだ。通いの乳母が描いたというそれは、幼い二人が仲良く一冊の本を読んでいるところで、殿下が嬉しそうな気持ちをがんばって押し殺しているのが見て取れた。

か、かわあ……面影が……、あわあ、すごく心情が、伝わ……っ！

「とてもかわいらしいですわ。こちらは両殿下がお小さいときのものですの？」

心中ですらまともに話せない私の横で、エレノア嬢がファルス殿下へと尋ねている。

「ああ。先日リーゼリット嬢に見せる約束をしてね」

会話を続けている様子を見るに、二人の親密度が上がっているようだ。どうやらファルス殿下は、あのあと無事にエレノア嬢に相談できたらしい。よかった。どうかエレノア嬢の状況も好転してくれますようにと心中で手を擦り合わせる。

「楽しそうだね、何を見ているのかな」

そこに、アスコット様とランドール様がひょっこり顔を出す。

「ふふ、秘密ですわ」

秘蔵の品だと聞いたからだろう、エレノア嬢が絵姿をそっと手で隠すと、アスコット様が覗き込もうと顔を寄せる。それを避けたエレノア嬢を、またアスコット様が追う。

恋人同士がじゃれ合っているようにしか見えないのだけれど、これは大丈夫なのか。アスコット様の持つ雰囲気と距離感が独特すぎて、気がある態度なのか判断がつかない。

ちらりとファルス殿下を横目で窺えば……笑顔が怖い、貼りついている。

念のためランドール様はどうだと視線を向けると、目が合うなり八重歯を覗かせた。

「今日の差し入れ、すげえうまかった！　デーツと塩味のナッツがあんなに合うなんて知らなかったから驚いてさ。俺食わず嫌い直っちゃったよ、ありがとな！」

「まあ、お嫌いでしたのに食べてくださったのですね。お口に合って安心しましたわ」

前回は間に合わなかったが、今回はうちの料理長に頼み、飲み物以外で差し入れに適したものを準備してもらったのだ。干し柿みたいな甘味とねっとりとした噛み心地の乾燥デーツは、砂漠の国から取り寄せたもので、暑い中での栄養補給に最適だという。おおぶりで食べ応えもあるし、香ばしい塩煎りナッツが食感のアクセントにもなる。運搬時の型崩れの心配も、保冷の必要もない。料理長グッジョブと言わざるを得ない。

「次の差し入れも、今日のがいいなあ」

「こら、そういうのは自分から催促するものではないだろ」

「あだっ！　……ったく、あんまりバカスカ殴るなよ。頭悪くなったらどうしてくれる」

どうやらランドール様は、アスコット様の持っていた兜で小突かれたらしい。頭をさすりながら、アスコット様を恨めしそうに見やる。

「これ以上は悪くなりようがないからね」

上衣を鎧の上から着ているためわかりにくいが、全身を金属鎧に包んだ重装備だ。今日は団体戦の鍛錬を拝見したのだが、本番用の武装なのか、騎士団員全員が前回見た鍛錬服から一転している。大半の騎士や従騎士はファルス殿下のような、急所を守りつつも動きやすさを考慮した装備。このお二方を含む二十名ほどが重装備となっている。

「ところで、お二方とも他の騎士とは装いが違うのですね」

尋ねてみると、ランドール様が待ってましたとばかりに笑う。

「すげえかっこいいだろ？　これが重騎馬隊の装備！　団体戦では突進して道を拓く役だから、他の騎士より重装備になるんだ。馬上槍試合もこれで戦うんだぜ」

得意げにポーズをとるランドール様と、自然体でも様になっているアスコット様の姿を、前から後ろから拝見する。それぞれ鎧の上に各家の紋章の入った上衣を着ており、鎧のデザインや着こなしも異なっていて個性が出ている。

アスコット様は細やかな装飾の施された銀の鎧に、リヴァーレ公の青十字と金竜をあしらった紋章の入った緑地の上衣を。長い栗色の髪は乱れなく一つに束ねており、灼けた肌が映え、遠目にも目を引くだろうとわかる。

一方のランドール様は、シンプルで重厚そうな銀の鎧に少し着崩した形で上衣を纏っている。赤地に黄色の獅子の紋章がなんとも勇壮で、ランドール様らしい装いだ。

「上衣で遠目でも誰かわかるようになっているんだよ。日よけや泥よけにもなる」

なんと便利な。炎天下を金属の鎧に全身を覆われていては、蒸し風呂状態だもんね。

「リーゼリット。そろそろ時間だ」

ギルベルト殿下に声をかけられ、一礼してからその場を離れた。救護所の担当医官から許可が下り、この休憩時間の間に殿下に案内してもらうのだ。

「トーナメントでの救護所の動きや使用薬の説明と、当日の見学をと依頼してある」

それで良かったな、と念を押す殿下に礼を告げる。

隣を歩く殿下の装いは、ファルス殿下と同じ青を基調とした上衣に、鋼鉄鎧や鎖帷子に革といった異種素材の組み合わせが絶妙なものだ。腹が立つほど似合っている。

移動中に殿下から説明を受け、本日披露された陣形の意図を知る。

密集したり散開したりとまるでマスゲームで、見ているだけで楽しかった。

当日の救護所見学が叶えば観戦できなくなってしまうのは、少しもったいないかな。

「何やら賑やかだったが、兄ともずいぶん打ち解けたようだな」

見せていただいた絵姿のかわいらしい様子が浮かび、つい頬が緩んでしまう。

「ええ。もっぱらギルベルト殿下のことですもの。お話も弾みますわ」

「からかっている、の間違いだろう。頼むからそれ以外の話題を持ってくれ」

もっと有意義な話があるだろう、と殿下は苦い表情を見せるが、共通の話題なんて『ツンデレこそ至高』一点しかない。それ以外となると……。

「有意義というのでしたら、殿下の不器用な献身を打ち砕くための作戦会議でしょうか」

「……それも必要ない。兄様が頼もしい味方を得たと喜んでいたのはそれか」

「いろいろと伺えましたわ。その身を試金石にと申し出られたことですとか」

やっかいな奴に知られたとでも言うかのように、殿下は顔をしかめた。

「これ以上兄の身に危険が迫らぬよう、俺の身を最大限利用したまでだ。俺が無力で寄る辺ないほど効果的だからな。有能な兄の後ろ盾となりのし上がろうなどという輩はいまい」

そう語る殿下はどこか誇らしげだ。違和感すら抱くほどに。

「もしや殿下は、それを自分にしかできないことだと……あぶり出しが行えるという一点で、ご自身に価値を見出してはいらっしゃいませんよね？」

気まずそうに眉をひそめるところを見るに、図星なのだろう。あの父親や生い立ちを思えば致し方ないのかもしれないけれど、健全なものの見方ではない。

「殿下と同じ方法を取ることはできずとも、同じ目的を達成する者はおりましょう。そのためにいたずらにご自身の可能性を狭める必要はございませんわ」

核心に迫れそうな気がしたのに、殿下は無言のままだ。そう簡単にはいかないか。

ほどなくして辿り着いた救護所は、鍛錬場から城内の回廊を渡った先にあった。

まだ件の騎士がどちらなのか断定できていない状況を思うと、万が一の対策として使えそうな前世知識を紹介しておきたいけれど……担当医官の柔軟さ次第だな。

そもそもこの依頼自体が令嬢の気まぐれや物見遊山だと思われてしまう可能性の方が高いのだ。快く見学の許可や説明をいただけるかと内心ドキドキだったのだが——

「まあ、ヘネシー卿。どうしてこちらに」

なんと救護所内には、セドリック様の父であり、自国医療の第一人者のヘネシー卿がいらっしゃったのだ。髪を後ろになでつけモノクルをつけた紳士は、私と殿下同様に目をしばたたかせたのち、穏やかな笑みをこちらに向けた。

「これはこれは、ギルベルト殿下にリーゼリット嬢。私はトーナメントの打ち合わせです。騎士団の医官だけではまかないきれませんので、持ち回りで市街の病院から代表して参加するのですよ。リーゼリット嬢こそ、こちらにも顔を出しておいででしたか」

「私は今日が初めてですわ。トーナメント当日の救護所ではどのような流れで、主にどのような治療をされているのかを教わりにまいりましたの」

「ふむ……それでしたら、面識のある者の方が尋ねやすいでしょう。戦場での経験も少なからずございますから、よろしければお教えしますよ」

　願ってもない申し出だわ。模擬戦闘のトーナメントだけでなく、実際の前線医療もご存じならばこれほど心強いことはない。

「お知合いのご令嬢ですか？」

　怪訝な表情の医官にヘネシー卿が首肯する。

「息子の友人でして。勝手に話を進めてしまいましたが、かまいませんかな」

　やはり私の依頼は戸惑う案件だったのだろう。医官はヘネシー卿と私とを見比べ、二つ返事で了承された。ヘネシー卿のご用事がすんでからお話を伺うこととなり、長くなりそうだからと殿下は鍛錬場に戻っていき、私は救護所内の一室に通され、待つことしばし。

　いくつかの薬箱を手に、にこやかな紳士が顔を出した。

「やあお待たせしましたな。さきほどの医官に、心肺蘇生法の発案者は君かと食い下がれましたよ。あまり利発さを前面に出されますと、すぐに露呈しますよ」

　向かいに腰を下ろすなり、ヘネシー卿はご自身の唇の前を人差し指で塞ぐ。

「これは……助け舟をありがとうございます」

「いいえ、心肺蘇生法の伝達を私に一任され、リーゼリット嬢は顔も名前も出さないとのことでしたから。いらぬ気を回したようでなくて安心しました」

ヘネシー卿のできた人っぷりに、拝みたい気持ちを抑えるのでいっぱいだ。

人差し指を立てたおちゃめな顔もたいへんに素敵でした。記憶に刻もう。

「さて、トーナメントの救護の流れと治療内容についてでしたな。とりわけ団体戦は我々医者にとっても有事を想定した大事な演習でして。より実戦に近づけるために、当日はこの救護所ではなく会場近くに救護天幕を設け、物資を削った上で治療を行うのですよ」

他にも、物資の選出や搬入量の選定、人員の配置など、有事に備えた学びの場であり、継承すべき事柄を途切れなく伝えていく機会なのだという。

「天幕で行う治療は主に止血。トーナメントでは刃先を潰しますし、戦線離脱のルールがありますので実際の戦地ほどの大量失血はないものの、やはり数の多さは変わりません。油を染み込ませたガーゼをあてて砂のうで圧迫しますが、位置がずれたり、そもそも砂のうを載せられない部位は手で押さえるほかありませんから、少ない人手が割かれてしまう。ひどいときは治療待ちの者に押さえてもらうほどですよ。他には傷口の洗浄、骨折部位の添木固定、切創部の簡単な縫合や、軽い火傷の処置ですな。それ以上の治療を要する場合は、近隣の病院へ搬送する形です。毎年人手不足に悩まされておりますよ」

ヘネシー卿は薬箱から薬瓶や軟膏の缶を取り出し、一つ一つ説明をくれる。

やはり前世で使っていたような薬はないか……用途がわかるものは唯一痛み止めくらいだ。一から覚え直さないといけないのだけれど、似たような色形の瓶や缶にラベルの文字も小さく、慣れた者でなければ間違えそう。カルネドバルに薬の名前と効能とを記してはいるものの、これでは当日お手伝いしますなどとは絶対に言えないわ。

「救護に携わる方は、騎士団の医官と市街からの医者だけでしょうか？」

「騎士団所属の看護官が数人、物資の補充や治療の補助を担っておりますな」

専属の補助者がいるのね。薬瓶を判別しやすくするだけでもハードルが下がり人を増やせるかと思ったけれど、残り日数を考えれば変更による混乱を招くだけだな。

それよりも圧迫止血の道具を用いた方が人手不足解消になるか。

「独りでに圧迫止血を行える道具があれば、予定されている人員でもまかなえますか」

「ずいぶん楽にはなると思いますが……重しでも載せるというのかね？」

ターニケット。災害時医療でも用いられる止血帯だ。

ざっくり言えば、ファルス殿下に使用した簡易バストバンドと同じように『締め上げて圧迫する』というものなのだけれど……簡易バストバンドや採血用の駆血帯とは異なり、長時間血が止まるほど締め上げるためリスクも多い。

「出血部位が体幹であれば直接、四肢であれば患部のやや心臓寄りに幅広の布を巻いて締め上げるのですわ。ただし、力が弱ければ止血になりませんし、長時間血を止めてしまうことによる後遺症の恐れもございます。加圧力と時間の管理が必須となります」

「しかし、誰もが同じ力加減とはいかないでしょう。布にあらかじめ印をつけようにも、巻く部位や対象の体形が異なれば、それも適切とは言い難い」

手立てはある。イメージは前世で用いた血圧計だ。

模型人形のゴム風船とアンビューバッグのポンプ部分を組み合わせれば、あの機構を再現できる。……レヴィにはまた負担をかけてしまうが。

「ゴム風船を布の内側に挟み、そのゴム風船の膨らむ力を計測するのはいかがでしょう。事前に適切な圧迫力を確認して取り決めておけば、力加減に迷うことはなくなりますわ」

ヘネシー卿が息を呑み、わずかに上向いた口角を押し隠すように掌をあてた。

「いやはや……もしもそれが可能ならば、ぜひともお願いしたい」

「では従弟に依頼をいたしますわ。大口を叩いておいて申し訳ないのですが、完成に至れない場合は今回のトーナメントでは使用せず、今後の課題とさせてください」

止血帯が間に合ったとしても、件の騎士対策にはならない。

それに、話を聞く限りでは、天幕内は頭部手術ができる環境のようには思えない。

件の騎士を救うには、『リーゼリット』が何らかの処置をしなければならないのか。それとも、判断さえ早ければ搬送先での治療でもよいのだろうか。

　例えば、件の騎士の負う怪我が外からではわかりにくい頭蓋内出血や脳挫傷などであった場合だ。既存の手術であっても、後回しにされなければ助かるのだとしたら。

「治療の優先順位はどのように？」

「士気や戦後補償に関わりますのであまり公にはできませんが……救命よりも戦力を前線に戻すことを優先するため、戦力になる者からとなります。ただし、従者や従騎士よりも騎士の治療を優先することになりますし、大将や指揮官であれば重症であっても生かそうと尽力します。そのあたりの判断は補充の医者ではわかりかねますので、搬送者や医官の言うがままです。人員不足ゆえトーナメントでは二軍の治療を一か所で行いますから、あちこちから飛び交う指示や怒号に我々も右往左往しておりますよ」

　加えて、実際の戦地では捕虜もいる。自国の騎士が最優先だが、捕虜であっても交渉材料となりうる身分の高い者は優先されるというのだ。

　個人の救命よりも、勝つための戦力維持と政治的な配慮が優先されるのか。

　根本的な考え方が通常の医療とも災害時医療ともずいぶん違う。

　災害時医療で用いられるトリアージ――治療の優先度を判定し、情報を共有する方法――であれば私にも助言できるかもと考えていたけれど、そう簡単ではないか……いや、身分や捕虜などの配慮を行う医官がすでにいるのだから、彼らが重症度判定までを担えば可能だ。

「もし救護所の医官が怪我人すべての重症度判定から搬送の判断までを一度に行うことができれば、混乱は防げますか」

ヘネシー卿が膝の上で拳を握る。

「……詳細をお聞きしましょう」

ヘネシー卿にトリアージのしくみを説明し、前世でなじみのあるトリアージタグの代わりに、顔や腕など目立つ位置に印をつけることを提案する。

救護室の机を指でなぞって記号を書き、｜は軽症、┌は中等症、⊓は身分による優先、□は直ちに搬送、⧄は治療不可の死亡判定や搬送不要といった分類で例を挙げた。

「時間経過で症状が悪化することを鑑み、重症度に応じて線を足していく形です。そうすれば指示系統を一本化できますし、あちこちから声をかけられることによる混乱や作業中断が避けられ、搬送指示を早い段階で行えるのではないかと」

そもそもの医療水準が異なるから判定基準はヘネシー卿に任せるが、頭部外傷やクラッシュ症候群のように一度軽症と判断されても後に急変するものもある。搬送先での治療可否と、兆候や受傷機転の見極め、急変が予測される場合の継続的な判定が可能かを確認して落とし込んだ。

「ふむ。この先は医師団や医官とも議論を重ねた上で熟考すべきですな。リーゼリット嬢の名を伏せて私から提案させていただいても？」

「助かります。ヘネシー卿に頼りきりで申し訳ございません」

「いやいや、私どもにはない発想ですので、こちらこそとても頼もしく思っておりますよ。不敬ではございますが……王家に入られるのが実に惜しいですな。正式に医学の道に進んでくだされればどれほどの進歩につながったことでしょう」

「私などがおこがましいですわ。お借りした教本の一部すらまだ理解に及びませんのに」

私の知識は看護師としてのものだ。他の専門職の範疇にまで踏み込んだことはない。

この国で私が医師を志し、知識経験のない医療行為に及んだところで何になろう。

「ご謙遜を。殿下からの求婚がなければ、ぜひうちの息子にとロータス伯爵の元に通いつめて頼み込んでいたところですよ」

この素敵紳士がお義父さんに⁉　なんというご褒美、と言いたいところだけれど。

「ヘネシー卿にそうおっしゃっていただけるのはたいへん光栄ですが、勝手に決めてしまわれてはセドリック様が困ってしまいますわ」

ヘネシー卿がにこにこと笑顔を絶やさないところを見ると、ただの冗談だったらしい。

あはは、全くお恥ずかしい。笑って流せばよかったわ。

「そ、そういえば、以前病院を訪れた際、看護婦が殿下に過剰に反応されて驚きましたの。医療者は皆、ギルベルト殿下の目のことをご存じなのだと思っておりましたから」

「殿下の出自についてですな。ファルス殿下が調べ上げ、爵位を持つ者には周知されましたが、医者間で箝口令が敷かれているのですよ。ですから有識者しか知りえません」

……絶対に国王陛下だな。ヘネシー卿の前だというのに、チベットスナギツネのごとき目になってしまったじゃないの。

「おや、もう日も傾いてきましたな。あまり遅くなっては殿下も心配されるでしょう」

議論に熱中しすぎたか、気づけば部屋の中に差し込む陽がずいぶんと長い。

急いでトーナメントまでの段取りの確認と団体戦時に救護天幕の見学のお約束をし、そう遠くないからと送迎の申し出をお断りして一人鍛錬場に向かった。

事前の対策がこれで十分とは思わないけれど、一歩前進できたのは確かだ。

ただ、殿下の件は知るほどに行き詰まりを感じるなあ。

鼻先にふわりとほの甘く香る、嗅ぎ覚えのある香りに足を止め、木立の合間に視線を向ける。殿下に教わったミモザの場所は、この回廊を外れた先なんだっけ。

あの光景をもう一度目にすれば、この難解なパズルを解けるだろうか。視界いっぱいに広がる、目の覚めるような黄色を見れば。

ちょっとだけと心のうちに言い訳をして、私は一人で木立を抜けた。

………ことを今、ものすごく後悔している。いったいここはどこなのか。

ミモザの場所に辿り着くこともできず、あろうことか私は盛大に迷ってしまったのだ。

森の中を行きつ戻りつを繰り返したせいで、元来た道もわからない。

人気もなければ連絡手段も地図もない。ないないづくしで森をさまよい、どうにか城壁に辿り着けたものの、左右どちらに進めば城内に入れるかすらわからないときている。

いっそのこと戻る道は諦めて、城壁伝いに進んで城門に至る方が確実ではなかろうか。

そう思い、城壁に手をつき足を踏み出したのだが、木が生い茂っているせいか薄暗いし、日が傾いてきているのもあってだいぶ心細い。

連絡もなしにこんなに遅くなってしまって、殿下も御者やカイルも心配しているだろう。

とにかく急がなければ。起伏に富んだ足場の悪い地面をしばらく進んでいくと、突然ばあんっという大きな音がして飛び上がった。

「え、なに、何の音⁇」

すぐにあたりを見回すが、応えはない。

代わりとばかりに木々の間から鳥が一斉に飛び立ち、反射的に身構えてしまう。

え、怖いよ。やめてよ、不気味さ五割増しだよ。

薄暗がりの中、周囲に頼れる者はいない。身を護る術も武器もないのだ。

足元に転がっていた木片をとっさに拾うが、こんなの気休めだ。でも今は何でもいいから縋れるものがほしい。この世界に銃火器の類はないから鉄砲の線はない。人か獣か。

少し間をおいて再び聞こえたその音に、つま先から剣先までびびびと震える。

怖いものは怖いし身もすくむが、こういうのは正体がわからないから恐ろしいのだ。知ってしまいさえすれば対策も取れるというもの。もし人ならば、道も聞けるしね。

木片を構えてじりじり進むと、張り出した塔のあたりから馬の蹄の音が聞こえた。

こんな時間に狩りでもしているのだろうか。弓が当たりませんように、と祈りながら塔の向こう側を覗いたそのタイミングで目の前を黒い馬が駆け抜けていった。

馬の背には黒鉄鎧の騎士が騎乗しており、長大な丸太のようなものを片手に携えている。人の頭ほどの大きさをした革袋が木の枝から提げられ、騎士が馬の勢いそのままに構えた丸太もどきで打ち当てると、重い音を立てて革袋が大きく揺れた。

音の正体はこれだったのだ。もしやこれが馬上槍試合の鍛錬なのだろうか。

待ちわびた人だというのに、熱心に馬を駆るその姿に、また初めて見る鍛錬風景に、私は声をかけることも忘れて見入っていた。狩りのように弓を射るのではなく、馬ごと突進していく迫力もさることながら、的を正確に射貫く技量は見ていて気持ちがいい。

嬉々として見つめていたのだが、窪地にいた私は明らかに不審者だったのだろう。

再び革袋へ向かうと思われた馬が大きく進路を外れたかと思うと、瞬く間に目前に迫った。鋭くいななき、後ろ足で立ち上がった馬の体長は、ゆうに私の三倍は超える。

巨大な黒い影に飲み込まれたかのようで、私は声も上げられずへたり込んでしまった。

夕暮れ時の薄暗がりの中、馬上の騎士が兜のバイザーを上げる。

「ロータス……、リーゼリット嬢。なぜこんな遅くに、このような場所に」

馬から降りて駆け寄ってきたのは、従騎士のクレイヴ様だ。

ばくばくと騒ぐ心臓をいなし、深呼吸してから居住まいを整える。

「……救護所から鍛錬場に向かおうとしたのですが、道に迷ってしまいまして」

私は差し出された手を取り立ち上がろうとしたが、膝が震えてすぐに尻もちをついてしまった。腰が抜けている。

「どこか痛めましたか」

立てない私を気遣ってか、クレイヴ様は膝をつき、顔を覗き込んでくる。

薄暗い中でも血の気が引いた顔が見えたのだろう。クレイヴ様の表情がわずかに曇る。

「大丈夫ですわ、少し休めば治ります」

「驚かせて申し訳ありません。暗がりの人影を、侵入者かと見誤ってしまいました」

クレイヴ様の言葉で木片を握りしめたままだったことを思い出し、慌てて手を離す。

これでは隙を見て襲いかかろうと潜む暴漢の出で立ちだ。誤解されるのも無理ないわ。

「私の方こそ、怪しい行動で鍛錬の邪魔をしてしまいましたわ。少し経てば歩けますので、どうぞお続けくださいませ」

「じきに真っ暗になってしまいますし、この先は起伏も多く悪路を通ります。馬を走らせた方が早い。お送りしましょう」

ありがたい申し出ではあるが、全く足が立たないのだ。このままでは馬の高い背に乗るのも、不安定な馬上で踏ん張るのも難しいだろう。

立ち上がれるようになったらお願いしようかと思案した私に、黒馬がそっと顔を寄せた。驚かせてごめんねと伝えるかのようなしぐさで、頬ずりする。ふさふさのまつげに彩られたつぶらな瞳があまりにも優しくて、こわばっていた指先がほぐれていく。

そっと鼻筋を撫で返すと、黒馬はその小さな耳を揺らした。

領地で狩りしたときのような馬とも、馬車を引く大柄な馬とも違う。軍用として交配され、育てられた馬だ。だというのに毛並みは美しく、気性も荒いようには見えない。黒々としたつぶらな瞳からは人を労るような心根が見て取れる。

「きれいな馬ですのね。大事にされているのがわかりますわ」

「セラムと言います。生まれたときから世話をして、兄弟のように育ちましたから」

馬の首を撫でるクレイヴ様の横顔に、穏やかな笑みが滲む。

表情が乏しい印象だったけれど、こんな顔もできるのね。

「セラムも、リーゼリット嬢に乗ってほしいと」

こちらに向き直るやよこされた言葉があまりにも意外で、つい頬がほころんでしまった。

だって、冗談なんて言わなそうなのに。しかも真顔で。

「それではお願いしようかしら」

立ち上がれるようになったら、と続ける前に、小さな首肯とともに体が宙に浮いた。

「ひゃわぁ」

いきなりの浮遊感に首へとしがみついてしまったが、重さなど感じないかのように横抱きにされ、馬の背へと運ばれる。驚くほどスムーズな移動ののち、間を置かずクレイヴ様も鞍に跨った。促され、手綱を握るクレイヴ様にもたれてバランスをとる。

身長差があるとはいえ、前世で言えば高校生ほどの年齢だろうに、私くらいは軽々なのか。あの大きな丸太もどきを片手で持っていたくらいだものね。

どれだけムキムキなんだと思ったが、鎧越しではわからなかった。実に残念である。

踏ん張りのきかない私のため、クレイヴ様はセラムを急がせずにぽくぽくと進む。

「もしや、さきほどされていたものが馬上槍試合の鍛錬ですの？」

想像していた槍の形状とは大きく異なるが、この時期に特訓するならそれだろう。

クレイヴ様が短く肯定を示し、私は予想が当たって嬉しくなる。

「初めて見ましたが、たいへんな迫力でしたわ。馬に乗りながらあのように小さな的を射貫くには、相当な鍛錬がいるのでしょう。貴重な時間を頂戴してしまいましたわ」

「気に病むことはありません。私には、馬上槍試合の出場資格がありませんから」

そういえば、実の親である公爵様から降格を言い渡されたのだったっけ。

「では次年度以降のために、今から特訓を？」

まだ今年のトーナメントも始まっていないというのに、よほどストイックなのね。

「私にはこの先、騎士となる将来は望めません。　鍛錬を重ねるのは、愛馬も乗ってやれないのは不憫だろうと。未練がましいだけです」

他人事のように淡々と語るクレイヴ様からは、感情が読み取れない。衝撃的なことを言われた気がするのに、あまりの無表情に意味をはかりかねていた私に、言葉が足される。

「ファルス殿下を、危ない目に遭わせてしまいましたので」

なぜ気づかなかったのか。クレイヴ様はあの日、殿下たちの傍にいたのだ。

責任を問われ、何らかの罰が下ったことは容易に考えられるのに。

「私が親を呼びに行かせたせいでしょうか……？」

「いいえ、あなたの判断は正しかった。殿下の身を開業医に預けることはできません。また、殿下に万一のことがあれば、私はその場で斬首されていました。家は称号を剝奪され、一族もろとも、この国から居場所を失っていたことでしょう」

だからって、この沙汰は受け入れられるものなの？

クレイヴ様の家は武功を上げた公爵家なのだ。後継として期待もされていただろうし、それが騎士の道を断たれたとあっては……たとえ命永らえ、家の称号が保たれたとしても、そこにクレイヴ様自身の居場所はあるというのか。

「私はその場にいながらにして殿下をかばうことも、犯人を捕らえることもできなかったのです。このようにいられるだけでも、王の恩情かと」

ぶるるといななくセラムが主人の心に寄り添う。慈しむように撫でるこの騎士は、この先一生、この馬とともに騎士としての誇りを得ることはできないのだ。

あの場でとっさに動ける人がどれほどいるというのか。殿下を轢いた馬車は速度が出すぎていて、かばうことはおろか犯人の目視など困難だったろう。

結果論だとしてもファルス殿下は無事だったのだ。それなのに、まだ高校生ほどの歳の少年が、一度の失態で人生を潰されてしまうっていうのか。次に生かす機会すらもらえないなんて、理不尽だとは思わないの。それがあたりまえだなんて。

「……そんなの間違っているわ」

怒りとも悲しみとも言えない小さな呟きは、蹄の音にかき消されたのかもしれない。

背を預ける従騎士からの応えはなかった。


正門が近づくにつれ、人の気配が濃くなる。無事に辿り着けそうな状況にホッとする。あたりは徐々に暗くなるし、聞いていた以上の悪路だった。一人では辿り着くまでにこの三倍はかかっていただろう。クレイヴ様には感謝してもしきれないわ。

察するに、秘密の鍛錬中だったのだ。誰かに鎧姿を目撃されない方がいい。

「このあたりで結構ですわ。足に力が入るようになりましたし、あとは私一人で歩けます」

そう告げると、クレイヴ様は一つ瞬きをして馬から降りた。馬の背からそっと下ろしてもらい、支えを頼りに地面に降り立つ。踵を踏みしめ脚の感覚を確かめれば、常と変わらぬ力の入りように自然と口角が上がる。これならしっかり歩けそうだ。

「クレイヴ様、心より感謝申し上げますわ」

「お役に立てたのでしたら光栄です」

返される言葉は淡々としており、あいかわらず感情が乗ることはない。この無表情も将来を絶たれてのものかと思うと、何とも言えない歯がゆさが胸に満ちる。

クレイヴ様は私のせいではないと言っていたが、全くの無関係にはなりえない。私が馬車の件に関わったことで、状況が大きく変わっているからだ。

原作では、もしかしたらクレイヴ様は問答無用で斬首刑だったのかもしれない。たとえ意図せず救えた命だったとしても、一生従騎士だなんて後味悪すぎだ。どの小説の世界かすぐ把握できた人ならば、もっとうまく立ち回れただろうから。

殿下以外に、私の行動が原因で道が絶たれた方がいたなんて思いもしなかった。それを知らずに過ごしていただなんて。

もやもやを残したままクレイヴ様とセラムに別れを告げ、明かりの方へと足を進める。そっと顔を覗かせると、うちの馬車の近くに十数名の衛兵が集まっており、その中にギルベルト殿下の姿も見えた。

城壁の外から現れた私に一瞬ぎょっとした殿下だったが、安堵してかすぐに肩を落とす。衛兵を下がらせ、こちらへと足を向けた。

「救護所で鍛錬場に戻ったと聞き、行き違ってそのまま帰宅したのではと思っていたが、おまえのところの侍従からまだ正門に来ていないと報告を受けてな。城内で迷っているのではと、ちょうど繰り出すところだった」

殿下からの言葉に、一斉に血が下がる。

危なかった。少しでも姿を見せるのが遅かったら、とんでもない大事になっていたわ。

「お騒がせしました。お恥ずかしながら迷っておりましたが、この通り辿り着けました」

持ち場に戻っていく衛兵たちの後ろ姿にお辞儀して回りたいのを堪える。

ご令嬢はこういうとき、どうするのが正しいふるまいなんだ。誰に教えを請えばいい。

落ち着かない心地でいたが、声をかけようか迷っている様子のカイルと御者が目の端に映り、慌てて駆け寄る。

「心配をかけてごめんなさい」

帽子を手にホッとした顔で何度も頷く御者に対し、カイルの表情は険しい。

「ご無事で何よりです。……リーゼリット様のお戻りを待ちきれず、申し訳ありません」

お怒りももっとも、と覚悟したのだが、予想外の返しに面食らってしまう。

衛兵たちはこれから捜索に出るところだったと聞いた。おそらくカイルは大事にすまいと、殿下への連絡をぎりぎりまで待っていてくれたのだろう。

ダークブロンドの毛足を一つに束ねた、まだ二十歳そこその専属護衛とは、たしか五年ほどのつきあいになるか。私の奇行に何度も振り回されながら、そのたび私の不利益とならないように最善を尽くそうとしてくれる。

私の身の安全を重視した結果を、誰が責めるというのか。どう考えても私が悪いのに。

「あなたが謝ることなど一つもないわ。むしろなじられたっていいくらいよ。配慮をありがとう、カイル」

私の言葉に、カイルはぐいと口の端を引き結ぶ。それに御者も笑みを深くし、カイルの肩をぽんと叩いて準備のためにと馬車へ戻っていった。

「どこにもお怪我はございませんか」

カイルがランタンをかざし、どんな小さな傷も見逃さないとでもいうようにグレーの目を走らせている。手首にわずかな擦り傷を認めると、すぐに馬車へと踵を返した。

「水をいただいてまいります。少々お待ちを」

布を手に取り、城の水場へと駆けていく背中を見送る。あいかわらずできた護衛だ。

「何があったかと寿命が縮んだぞ。まさか城壁の外から来るとはな」

いつのまにか傍まで来ていた殿下の呆れ顔がランタンの明かりでよく見える。

「申し訳ございません。ミモザがもう一度見たくなってしまいまして……」

この理由で迷子だなんて我ながら本当にありえない。

申し訳なさに顔を上げられないでいると、少しの間のあと、隣から咳払いが一つ。

「……それで、一人で歩いてきたというのか？」

一人でも、歩きでもない。こっそり鍛錬を続けているクレイヴ様の名を出すことは憚られるが、あの山道を思うと頷いたところで信じてもらえるかどうか。

そういえば、殿下はクレイヴ様の降格の原因を知っているのかな。鍛錬場で殿下が休憩時間の終わりを告げたのは、降格の話題を打ち切るようなタイミングではなかったか。

「たまたま森でお見かけしたクレイヴ様が、馬で送り届けてくださったのですわ。馬上槍試合の鍛錬をお一人でされていらっしゃったの」

何も知らない体を装い、あえて情報を出す。

「クレイヴが……？」

思わずといったように殿下が独り言ち、少しだけ表情を曇らせた。殿下はそれをひどく意外なことだと感じているのだ。そして、クレイヴ様に科せられた罰が一時的な降格ではなく、この先馬を駆ることも馬上槍試合への参加も叶わないことを知っている。

「殿下はご存じですのね、クレイヴ様が生涯従騎士なのだと。私も関与しておりますのに、教えてくださらないのですか？」

かまをかけられたことに気づいたのだろう、殿下が渋い表情を見せる。

「……言えばそうやって気にするだろう。公爵の判断というのは表向きの話で、これは王命だ。またおまえに陛下に食ってかかられては敵わん」

これも国王陛下か、と据わった目になっている時点で殿下の配慮は的確なのか。

図星すぎてつい言葉に詰まってしまったが、ここで引き下がるわけにはいかない。

「殿下はこれでよいと思われてはいないのでしょう？　ファルス殿下は何と？」

「知っての通り、俺には陛下の決定に異を唱える権限はない。兄様はあの日の記憶が曖昧だ。クレイヴがいたことすら覚えていない」

だから頼るなと言わんばかりだ。私の方が殿下よりずっと謁見がほいほい叶う立場ではないのだぞ。

「おまえはやたらと首を突っ込みすぎだ」

「私のせいでどなたかが苦労されるのが嫌なのです」

「おまえが悪いのではない。それに、騎士団からの除隊もありえたのだ。十分な恩情だ」

俯く私の耳に、諫めようとする殿下の言葉が届く。

除隊がどれだけ酷かは知らないけれど、それよりマシだからと納得できるものなの？

一方的に道を奪われ、理不尽な目に遭ってもそれを呑むしかないなんて。

誰かを彷彿とさせてしまって、私には黙って頷くなんてことはできなかった。

三章◆悪手と固い握手を交わす

日をまたぎ、汽車に乗り込んで一路南へ。蒸気機関車の音や動きに目をらんらんとさせ足を止めがちな私は、ほとんど引きずられるようにして進んだ。

ありがたくも付き添いの申し出を受けてくださったのは、たいへんダンディなおじ様だ。シルクハットにステッキという紳士の必需品がよく似合っている。

なお、護衛のカイルはお父様の使いで不在のため、本日は総勢三名での道行きだ。

「さあ着いたよ。はぐれないように気を付けて」

芝生を踏みしめる人々の群れ、中には馬で乗りつける者もいるが、皆向かう先は同じだ。レンガ造りや漆喰の家とは趣を異にする、全面ガラス張りの巨大な建築物。骨組みとなる白い鉄筋は縁を涼やかな青に塗られ、要所に設けられた旗が風にたなびく。中央部の天井はアーチを描き、両翼に長く延びる側廊は吹き抜けの二階建てだ。

万国産業大博覧会の会場は、想像していたよりもずっとずーっと大きい。

これは絞らないと本当に見たいものを見逃してしまうわ。

「姉さま、どこから見に行かれます？」

レヴィは小売りされていたパンフレットを広げ、私が見やすいようにと示してくれる。産業の博覧会とあって、展示品は主に鉱物・化学薬品などの原料、蒸気機関などの機械、ガラス・陶器などの製品、絵画を除いた美術品が対象となっているようだ。

「医療器具と金属加工品を見てみたいの。他はレヴィに合わせるわ」

「ではここと、ここですね。僕はゴム手袋のヒントが得られるかもしれないので、ゴムの加硫法の開発者の展示を。それから石膏包帯も改良の余地がありそうなので、いろいろと見て回れると嬉しいです」

「石膏包帯は今のままでも十分よ？」

包帯にあらかじめ石膏を塗布しておくことが意外に難しく、泥状の石膏に布を浸して患部に巻きつける方法に落ち着いたのだ。前世の手軽さを思うとちょっとばかり時間がかかるが、この方法でもギプス固定はできる。

「いいえ、姉さまのご意向は可能な限り忠実に叶えたいので」

ほわりと笑顔を見せるレヴィの健気さよ。

ちなみに止血帯の方はすでに送気球の機構ができているのもあって、空気を抜くコックと圧力計をつけ、ゴム風船とドッキングさせて、さくっと完成に至っている。

試作品をお渡ししたときのヘネシー卿の顔ったら……気持ちはわかるよ。

行き先も決定し、道すがら興味が惹かれるものを覗き歩く。

大きな機械が展示されているブースには、農機具やミシン、活版印刷機など暮らしを楽にするものが多い。どの国もまだ電気やエンジンは未開発らしく、蒸気機関や人力駆動を動力としたものばかりのようだ。

私はこんなものがあるのかと、ただ見て知って楽しむくらいなのだけれど、レヴィはきっと違うものを捉えているのだろう。同じ色のくりくりの目で、完成品から透けて見える素材を、技術を見ている。ふだんからのそうした視点こそがレヴィを発明家たらしめているのだ。とても頼もしく、今日の経験がさらなるレヴィの力となると良いと思う。

「これまでのエレベーターは、ロープの劣化や切断による落下事故の恐怖と隣り合わせでした。ですがこの安全装置により、恐怖はついに過去のものとなったのです！」

声のする方に視線を向けると、二階ほどの高さに吊るされた鉄柵の箱から案内人が口上を述べている。博覧会では展示だけでなく、実際に稼働して見せてくれるものもあるのだ。

これも何かの実演かなと私がわくわくしながら近づいていくと、案内人は仰々しいしぐさでナイフを取り出した。そのナイフでエレベーターを支えるロープを切ると言う。

観客が固唾をのんで見守る中、ロープが切断されたと同時に箱がガクンと下がる。そのまま落下するのではと思われたが、どんな仕組みなのか、わずかな距離を落ちただけで停止した。一瞬の静寂ののち、堰を切ったような歓声と拍手があたりを包む。

「すごいですね。貨物用でしかなかったエレベーターの汎用性が高くなりますよ」

レヴィが思わずと言った風に呟く。小さく武者震いまでしているところを見ると、今のは単なるお楽しみパフォーマンスではなく、歴史的瞬間に立ち会っていたらしい。目をきらっきらに輝かせた私たちは、そこここで披露される最新技術をそれはもう夢中で楽しみ、……なんと、知らない間におじ様とはぐれていた。

短期間で二度も迷子になるなんて、情けなくて涙が出そう。周りに人がいようとも、土地勘も連絡手段もない状態での迷子は死活問題だ。おじ様も今頃慌てているだろう。

「時折、商談先から声をかけられていましたから、どこかで話し込んでいるのでしょう」

「お忙しい中ご一緒してくださったのに、ご迷惑をおかけしてしまったわ。来た道を戻ると行き違いになってしまうかしら。それともここに留まって待つ方が？」

迷子センターなるものはあるのか。館内放送は、どこに行けばいい。

「会場が広い上にこの人の多さですから、留まっていても戻っても見逃すかもしれません。合流に時間を費やしては忍びないですし。それに父のことですから、僕が時間を惜しむと考えて、探しもせずに商談を優先しますよ」

おろおろするばかりの私とは対照的に、レヴィはずいぶんと落ち着いたものだ。振り返ったらそこにいるはずの親がいないなんてレヴィにしてみれば衝撃だろうに、私よりよほど頼りになる。中身三十路の人生二回目がこんな体たらくでお恥ずかしい。

「それぞれが博覧会を満喫し、かつ確実に落ち合うならここでしょうね」

そう言って示されたパンフレットには、数時間後に予定された演奏会の文字がある。

領地では二人で楽器のセッションをよくしたし、おじ様の前で披露したこともある。楽団が来れば飛んで行ったことも。私たちが音楽鑑賞に目がないことはご存じだろう。

その場での合流は一番効率がいいけれど、保護者なしではただのデートに……。

「時間は有限ですし、見るべきものはたくさんありますよ。行きましょう、姉さま」

僕らもはぐれてしまわないようにと、きゅうと小さな手で握りこまれる。私を見るレヴィの目は素材や技術を見極めようとするそれで、知的好奇心に溢れたものだ。

デートだなんだと意識しているのは私だけか。周囲を見回しても、皆展示に夢中だ。

それに、原作に登場したこの場所で、得るべきレヴィの経験則を逃すことの方が怖い。

「……そうね、おじ様との合流は演奏会でとしましょう」

そうして二人でそこここを渡り歩き、医療器具のブースへと辿り着いた。展示台には顕微鏡や、いろいろなしかけのついた義手に義足、各種切断器が並ぶ。

世相を反映し、機能美を追求した出品物なのだろうけど、私が求めていたようなものではなかった。もっとこう、前世の医療器具に近いものがほしかったのに。

この改良された自慢の一品だという開頭用ドリルが元医師の主人公にはお宝だったのかもしれないけれど、私には騎士の頭部負傷フラグを感じるだけなので勘弁してほしい。

「このたびお目にかかりますのは、我が社一押しの新製品、エボナイトにございます！」

通路を挟んだ向かい側から、案内人が高らかに口上を述べている。

周囲にゴム製品が並んでいるところを見ると、レヴィが希望していた展示ブースだ。

「まあ、まるでジェットのようですわ」

工業製品のわりにご婦人方も集まっているのは、どうやら製品がジェットという宝石に似たものであるらしい。私は宝石に明るくないのだけれど、ご婦人方の話によるとジェットは喪に服す時期に身に着けるのだとか。日本のお葬式時の真珠みたいなものかな。

ひょっこり覗いてみると、チェーンや時計のベルトの他に、精巧な装飾品が展示されていた。いずれも真っ黒であり、装飾品においては艶がある。

「私どもはゴムの新たな可能性を見出しました。加工・形成の容易さとともに、酸やアルカリ、水や油に強く、気温の変化による劣化や形状変化もございません。何よりも驚くべきはその硬度。どうぞ皆さま、お手に取ってお確かめくださいませ」

へえ、これもゴムなのか。黒い色からして、これがタイヤの原型だったり？

隣のレヴィはさっそく臭いを嗅いだり、硬度を確認したりとせわしない。

私も促されるままに触ってみたのだが、弾力性や伸展性は全くなく、とにかく硬い。

薄く加工されたものであれば曲げることもでき、手を離すとゆっくり元に戻る。

ゴムというよりもこれ、プラスチックだよ！

「こっ、ここちら、本当にあのゴムから作られておりますのっ？」

「そうですよ、お嬢さん」

目を輝かせて身を乗り出すと、案内人がにっこりと返答をくれる。

……ゴム……すごい、無限の可能性……！

水や洗剤にも強いなら、アンビューバッグの石膏部分に転用できる。

ああでも、惜しむらくは、黒くて透過性がないということか。

中身が見えるようなら、点滴チューブに使えたかもしれないのに……！

「これで透過性さえあれば……」

「できますよ」

返事をくれたのは案内人でなくレヴィだ。驚きすぎて振り返ったまま凝視してしまう。

「もっと薄くすればぼんやりと向こう側を見るくらいはできます」

「レヴィ、……作れるの？」

「おそらくは。ゴムの加工をする際に、これと似たものを作ったことがあります。このエボナイトも再現できるかと。帰ったらさっそくこれで呼吸の補助具を作り直しますね」

ほんとに何者なの、この子は。頼もしすぎて倒れそうなんですけど。

「ゴム手袋の着想も得ました。こちらも試してみますね」

今の展示のどこにゴム手袋につながる要素があったの⁉

ほわほわと微笑むレヴィのすごさに、ついごくりとつばを飲み込んでしまう。

「姉さまのご要望を叶えられそうで安心しました。それが僕の生きがいで、姉さまと過ごせることが一番のご褒美なのですから」

何という無欲……っ！　感涙にむせび泣きそうだ。この天使なレヴィが本当の幸せを手にできるよう努めねば。顕現を待ってます彼女さん、唸れ私の記憶力だわ！

その後二階に上がり、金属加工製品を集めたブースに移ると、そこもまたご令嬢やご婦人でにぎわっていた。どうやら意匠を凝らした細工の宝飾品が紹介されているらしい。

どこも集客に余念がないのね、と横目に見つつ、お目当ての展示台を覗く。

そこには炭素の含有率で性質の異なる鉄製品だとか、銅と亜鉛の合金やらがずらりと並んでいた。表示板の解説は細やかで、素材や製品の良さを広く知ってもらおうという気概が垣間見えるのだが――

「レヴィ、人体への有毒性の表記がないようなのだけれど」

有名どころの鉛や水銀ですら表示板に記載されていないのは、単に言及していないだけなのか、知られていないのか。恐る恐る尋ねてみるが、レヴィは目をしばたたかせるだけだ。どうやら後者らしい。ああ……血が下がるわ……。

遠い遠い昔に必死で覚えた元素記号表をもとに解読を試みてはいるけれど、金属の英名どころかそもそも金属自体に詳しいわけではないので、私にわかるのは一部のみ。

この銀の代わりに使われるピューターとやらも、何と何の合金なのかちっともわからない。食器に使われているので安全だと思いたいのだが、それも怪しいということか。

何もかもが、……私には荷が勝ちすぎる。

ひとまずは加工と量産のしやすさでリストアップして、次いで健康被害の報告がないか確認するしかないな。レヴィとともに見て回り、めぼしいものをカルネドバルにメモしていると、その一角にカトラリーが比較紹介されているのを見つけた。傷や錆がつきにくいよう、クロムやニッケルといった金属皮膜が施されているらしい。

手術室で見かけた赤錆びだらけの器具が思い起こされ、非常にげんなりする。

「そうだったわ、針だけじゃなく医療器具の錆止めも必要になってくるわね……」

医療器具の素材に合金とめっきのどちらが適しているのかわからない。こちらもメモしておかなければと案内板とにらめっこしていると、背後から名を呼ばれた。

聞き覚えのある声に振り返ると、そこにはなんと。

「ああ、やっぱりリーゼリット嬢だ。メモまでとって何を真剣に見ているの」

楽しそうに口の端を上げるアスコット様がいた。こんなところで知人に会うだなんて思わず、全身の汗腺からぶわっと汗が出た気がする。

「失礼。どちら様でしょうか」

私の異変を汲み取ってくれたのか、レヴィが間に割って入ってくれる。

アスコット様はレヴィと私とを見比べ、再びゆるりと目を細めた。

「邪魔をしてしまったかな？　全然忍んでないけど、デートか何か？」

「……従弟のご家族と参りましたところ、はぐれてしまいましたの」

アスコット様のことだから、殿下あたりにおもしろおかしく吹聴されそうで怖い。

「お兄様、その方どなた？」

アスコット様がエスコートしていたのは、とんでもない美少女だった。歳は私の少し上くらいだろうか。うっすら灼けた肌にサラサラロングの黒髪ストレート。藍色をした切れ長の瞳、口元の小さなほくろが上品さの中になんとも言えない色気を醸し出している。なんて麗しい……お姉様と呼ばせていただきたい。

「ああ、レティシア。こちらがリーゼリット嬢だよ」

妹だというレティシア嬢は、アスコット様と一緒にこの国に招聘されているらしい。

アスコット様は遊学として訪れているが、レティシア嬢は歳の頃合いといい身分といい、ファルス殿下のお相手、すなわち王太子妃候補としてだろう。

すでにエレノア嬢に決まっちゃったようなものなのだが、大丈夫なのかこれ。

「まあ、あの」

どうやら私のことを聞いたことがあるらしい。第二王子の婚約者としてかしら。

「お会いできて光栄ですわ。私はロータス家が三女、リーゼリットと申します。こちらは従弟にあたりますフォード家の嫡男、レヴィンにございますわ」

淑女の礼をとり、恭しく頭を上げた私へ、レティシア嬢は一瞥をくれる。

「お兄様。ご挨拶も終わりましたので、早く先に進みましょう？」

レティシア嬢はアスコット様に腕を絡め、気位の高い猫が甘えるかの如く見つめた。アスコット様もまんざらではないようで、甘い笑みを返してこの場を去ろうとする。

……今ので挨拶終了？　一言の返事ももらえなかった気がするのは私だけか。

なかなかにつれない方のようだが、アスコット様との仲は良いようだ。

もしアスコット様が件の騎士だったときに、レティシア嬢から『団体戦に出ないで』と頼めば断念してくれる、なんてことがあればありがたいのだけれど。

ん？　待って。レティシアって……ふと頭をよぎる記憶に、目をかっぴらく。

――原作小説で、レヴィと結ばれるご令嬢だよ！

「お待ちください！」

とっさにアスコット様の服をつかんで引き留める。

「ここでお会いしたのも何かのご縁ですわ。よろしければ一緒に回りませんこと⁉」

アスコット様は私の申し出が予想外だったようで、垂れた目を見開き、驚きをあらわにしている。レティシア嬢とレヴィの順に目を走らせてからこちらに向き直ると、どこか引きつった笑みを見せた。

「……正気？」

「しごく正気ですわ」

この特徴的な容姿、響きの美しいこの名、間違いない。

レティシア・フォン・リヴァーレ。原作小説ではギルベルト殿下の婚約者候補として登場し、のちにレヴィの恋人となった異国のご令嬢だ。

正妃候補として招かれているのなら、第一王子が健在の今、ギルベルト殿下ではなくファルス殿下がお相手だろうけれど、ファルス殿下にはすでにエレノア嬢がいるのだ。

原作同様に席が埋まっているとなれば、レティシア嬢の恋のお相手はレヴィになりうるってことでしょう？

いつしか互いに惹かれ合うのだとしても、レティシア嬢は基本城内にいる上、レヴィは領地に戻ってしまう。レティシア嬢とレヴィとのつながりを作れるのは、この場以外に考えられない。それならば、この機を逃す手はなかろう。

なんか、すっごい、視線が刺さるけども……！

「私はそのようなこと」

「レティシア、かまわないかな？」

「……お兄様がそうおっしゃるのでしたら……」

アスコット様の迫力ある色香にやられたのか、何か言いかけていたレティシア嬢は従順にもこくりと頷いた。いい子だと頭を撫でられ、恥ずかしそうにそっと瞼を降ろす。

えっ、気品がどっか飛んで……なにこのギャップ、すごくかわいいんですけど！

麗しいお姉様の意外な一面に、緩みそうな口元を必死に押さえる。ただ、このすさまじいほどの傾倒ぶりを見るに、どうやってレヴィに心変わりするのか見当もつかない。

「姉さま」

控えめに袖を引かれて振り返ると、レヴィが眉根を下げてこちらを見ていた。

「断りもなしにごめんなさい。こちらのお二人は西方の国から招かれた要人なの。レヴィのためにもご一緒したいわ」

「……わかりました」

かけねなしの本心なのだが、レヴィの顔は沈んだままだ。

楽しみにしていた観覧に、接待もどきの社交が挟まったようなものだものね……。

心苦しくはあるけれど、これは淡い初恋から醒め、本当の恋を知るための第一歩だから。

いつか絶対、この日そうしてよかったって思えるようになるからね！

「このあとはどうする？　まだ見ていないところの方がいいよね」

パンフレットを広げるアスコット様の手元を覗き込もうとしたところで——

「痛っ」

いきなり足の甲に激痛が走って飛び退る。

「まあ、ごめんなさい。足元をよく見ておらず」

一瞬何が起きたのかわからなかったけれど、要するにレティシア嬢に足を踏まれたのだろう。レヴィに支えられながら、じんじんと熱を持つ足に耐(た)える。

ごめんとは言われたものの、ちっとも心のこもっていないレティシア嬢の謝辞といい、アスコット様の困ったような顔つきといい、邪魔者退散ってことなんだろうなあ。

どうにか進む先を決めて観覧を再開したあとも、それはもう見事なものだった。

決してアスコット様の隣に私が並ぶことのないように鉄壁(てっぺき)のガードを展開している。

いや、いいんだけどね。並ぶつもりもないし、レヴィがレティシア嬢との間に立ってくれているから逆に願ったり叶ったりの位置どりになって、全く問題ないんだけどさ。

「あの、レティ……」

「ねえお兄様、あちらの展示は何かしら」

「こちらお似合いではなくて？　レティシ……」

「驚きましたわ、お兄様。このカメラ、こんなに鮮明(せんめい)な写真が撮(と)れるだなんて」

話しかけても基本スルー。二人だけの世界を満喫するばかりで、取り付く島もない。

なんか、なんか……逆にすごいな！

攻略(こうりゃく)対象との間に立ちはだかる、悪役令嬢のしぐさの見本市みたいだ！


「姉さま！」

『リーゼリット』も本来の乙女ゲームではこんな感じだったのかも、と一人でおかしな感動を覚えていると、アスコット様が肩越しに振り返った。

助け船でもくださるのかと思ったが、私とレヴィを見るなりおもしろいものを見つけたようにゆるりと笑っただけだ。フォローする気はこれっぽっちもないらしい。

そんなこんなで連れ立っての見物中、とあるブースからの口上にレヴィが足を止めた。

「たいへんシンプルな機構で、離れた場所へメッセージを送ることに成功しました！　これならばより多くの場所での利用が可能となることでしょう」

心惹かれるものがあったらしく、私たちに断り、歩みを向ける。三人でひょこひょこついていくと、そこは電報などのテレグラフを紹介するブースのようだった。針金でつながれた二つの展示台には、それぞれ金属と木でできた小ぶりの機械が置かれている。

電灯もないから電気はないものと思っていたけれど、通信技術には使われているのね。

物珍しげに集まる客の前で、案内人は一方の展示台に置かれた機械のレバーに指を添える。軽い力で押し当て、トントン、トトンと不思議なリズムを奏でていく。

こ……これ、モールス信号だよ！　これがかの有名なトンツー!?

初めて見る打ち方にソワッソワしている私の隣で、レヴィは展示台の機械の構造や動きを細部までじっと見ている。もう一つの展示台に置かれた機械は送った信号を打ち出すもののようで、するすると吐き出される帯状の紙に、点と線の窪みが刻まれていく。

「さて、私が送りましたこのメッセージを、こちらの文字盤にてご確認くださいませ」

掲示された文字盤と照らし合わせると、そこには『神の御業』とあった。

解読できた楽しさと言葉選びのセンスに、観客からどよめきが起こる。

「まるで暗号だね。他の言葉も送れるのかな？」

「では、お連れの方の名をこの文字盤に従って打ってみてください」

操作させてもらえる上に打ち出した紙の持ち帰りもできるらしく、客たちは思い思いにメッセージを打ち込んでは、受け取った紙を大事そうに抱えている。

私が文字盤を見ながらたどたどしい手つきで『いつもありがとうレヴィ』と打つと、満面の笑みとともに長文が高速で返ってきた。なになに、『あ・な・た、に……』？

『あなたに出会えたことこそ至上の喜び　麗しのリーゼリット』

な、なにこの秘密めいたラブレターをもらったような気恥ずかしさは……！

十一歳の男の子がこんな文章打つ⁉　末恐ろしいわ！

解読を終えた私の反応を、傍でレヴィがじっと窺っている。

こほんと一つ咳払いをして、照れくささを隠すように紙をくるくるまとめる。

「……あ、ありがとレヴィ」

花がほころぶような笑みを向けられ、自然とこちらの頬も緩む。

いつかキャッキャするとき用の黒歴史の物証として、残しておいてもよいかしら。

客に実践させる催しは好評なようだったが、そこに穏やかではない空気が混じる。

「ふん、こんなもの。子どもだましだ。我が国の五針式の方がわかりやすい。わざわざ文字盤で照らし合わせなどせずとも、針の指し示す文字を読めばいいのだからな」

「それに我が国ではすでに、手書きの署名すらそのまま送れる電信機をも発表しているのだ。今更記号などと時代遅れも甚だしい」

そんな便利な機器があるのか、とも思うけれど、せっかく楽しく観覧していたところに水を差す行為は、あまり褒められたものではない。

野次に対して冷ややかな目ばかりかと思いきや、一部の客がそうだそうだと同調し始めた。おそらく同業者なのだろうが、一転した空気に案内人がたじろいでいる。

居心地の悪い雰囲気を苦々しく思っていると、凛とした声が喧騒を割り裂いた。

「そうでしょうか。こちらにも利点はありますよ。確かに簡素化はされていますが、その分使用する電線の数が段違いです。五針式は電線の敷設にかかる費用がネックなのでは？　手書きの署名の方も、ペンの速度がかみ合わずに同一のサインとみなすことは難しいとお聞きしましたよ」

天使のごとき風貌の少年から、およそ似つかわしくない知識が飛び出す。大人たちはそれに面食らったようだった。野次も冷やかしの声も消え、しんと静まり返った場で、レヴィは集まる視線をものともせずに朗々と言を紡ぐ。

「それに、言語の記号化には汎用性があります。電線が敷かれていなくとも利用が可能、というように。たとえば船舶航行中は旗による意思疎通を図っていますが、月のない夜や濃い霧の中では意味を成しません。光や音を用いてこちらの記号を送り合えば、夜と霧はもはや我らを阻むものではなくなるかと」

いかがです？　と柔らかな笑みを浮かべたレヴィの頼もしさに、私の背を電流にも似たしびれが走る。

この子うちの、うちの従弟です！　ものすごく優秀で、最っ高な従弟です‼

「いやあ驚いた、ありがとう。これならばさらに普及できそうだ！」

囃し立てていた人たちが退散したあと、レヴィが案内人から熱心に話しかけられている。

そっとレティシア嬢の様子を窺うと、なんとレヴィをじっと見ているではないか。

あのレティシア嬢に、十分に印象づけられている！　さすがだよ、レヴィーッ！

「君の従弟の家は何か商売でもしているのかな」

「はい、主に船舶による貿易を」

そこまで答えてハッとなる。これはアピールのしどころだわ。

家がどうかじゃなく、レヴィ自身がすごいのだと知っていただかなくては！

「……しておりますが、レヴィは貿易関連に留まらず多方面への造詣が深く、勉強家で発想が豊かで頭が柔軟で何でも作れて優しくて癒しで、自慢の従弟なのですわ！」

売り出し中の俳優を売り込むマネージャーよろしく、お二人に向けて力いっぱい紹介するが、レティシア嬢は眉をひそめるのみだ。アスコット様にいたってはこちらが力説しすぎたせいなのか、どこか引いたようにも見える。……壁が分厚い。

「楽しそうですね、何のお話ですか」

　案内人と話を終えたらしく、レヴィがこちらへと戻ってくる。

「レヴィは本当に素敵だと褒めていたのよ。通信技術にも詳しいなんて」

「王都に行かれる姉さまとの連絡手段はないかと調べたことがありまして。鉄道連絡用でしか実用化されておらず諦めたのですが、お役に立ててよかったです。それに、昔姉さまと遊んだブリキ缶の方が僕には魅力的で。声を直接届けられるのがいいですね」

　また挑戦してみようかな、と呟くレヴィに、思わずこわばる。糸電話ならぬブリキの缶電話をし合った過去は認めるけれど。電話まで発明する気？

　今まで意識したこともなかったけど、ほんとにこの子の行動原理って私なんだ。

「君の従弟も相当だな」

　アスコット様の呟きには、乾いた笑いしか返せない。

　この才能を軍事転用だけはしないよう、発言には気をつけねば。

　その後もいくつか見て回った私たちは喫茶スペースに入った。歩き通しの足を休め、紅茶でのどを潤し、ほっこりした心地で向かいのレティシア嬢に微笑みかける。

先方はあいかわらずつれないけれど、仲人としてここは踏ん張りどころだ。

「今日はお二人にお会いできて光栄でしたわ。先月王都に来たものですから、ご令嬢のお友達があまりいらっしゃいませんの。仲良くしていただけると嬉しく思います」

「仲良くだなんて……よくいらっしゃるのよね。私から取り入ろうとなさる方」

はて、私からとは。ようやく会話が、と喜びたかったが、何のことだかわからない。

ポカンと呆けたままの私を見やる、レティシア嬢の目は険しい。

「お兄様がいくら優秀で素敵な方だからと、回りくどく気を引こうなど浅ましい」

えっ、ちっ……ちがっ！　私の目的、あなたですからね⁉

「こ、言葉通りに受け取っていただければ……」

叫びたいのをぐっと堪え、なんとか笑顔をひねり出す。

「お友達がいらっしゃらないのも頷けますわ。従弟とのデートがわびしいからと、それも婚約済の身で男を漁るなどされますからご令嬢から煙たがられるのではなくて？」

し、辛辣っ。そんなつもりはなくとも、客観的に見ればそう取られてしまうの？

でも、アスコット様抜きにレティシア嬢を引き留めるって、難易度高すぎないか。いなければ会話すら成り立たないでしょって、オブラートに包むとどうなるんだ。

「初見でそのような穿った見方をし、しかもそれを平然と言うなど、普通のご令嬢はなさいませんよ。そちらはご令嬢に限らず、誰からも煙たがられる存在なのでは？」

レ、レヴィ～～っ！　ほんわり笑顔でぶちかます、なぜここにきて例の発作が再燃しているの？　あれからずっと普段通りだったでしょ？
驚愕に顔色をなくしていく目の前のご令嬢こそが、あなたの未来の恋人なんだってば。それも、同盟国からお招きしている方なの。皇族の出のとても偉い方々だからね？

このままでは縁を結ぶどころか、国際問題になってしまう……！

「わ、私も従弟も、王都に来て日が浅いものですから……」

私もレティシア嬢もカップに添えた手が震えそうだというのに、斜め向かいのアスコット様は顔を背けて別の意味で体を震わせている。そこ、笑いどころじゃないよ！

「……あなたね。いくら幼いからとはいえ、失礼ではありませんこと？」

「そちらが失礼なことばかり繰り返していらっしゃいましたので。これが貴国の礼儀かと思ったままでですが、違いましたか？」

「レ、……レヴィってば、いつも人当たりがいいのに今日はどうしたのかしら……」

まるで火花でも散っていそうな二人の応酬に、語尾も滲むというものである。

「悪評も甚だしい方を大事なお兄様に近づけたくないのは当然のことでしょう」

「姉さまについた『手垢』での悪評など。洗えばすぐ落ちるものでご判断されましても」

「あら、そうとったの？　あなたの言う悪評であっても、ご自身ですすげるほどの価値がその身にないために、手垢のままなのではなくて？」

何の話なんだ。手洗いじゃないよね、私の汚辱をすすぐという話か？

「リゼ姉さまはご自身を誇示されませんから、そちらが知らぬだけでしょう。これほどまでに慎み深く清廉な淑女はいらっしゃいませんよ」

「あなた、何も知らないの？　婚約中に従弟をはべらせ、ほかの男にも色目を使うだなんて、ずいぶんと慎み深い、清廉な淑女ですこと」

「レ、レティシア様。ここは人目もありますし……」

なんだなんだと集まってくる野次馬を意識させようと試みたが、レティシア嬢はレヴィと対峙したままだ。こんな風に向き合ってもらうことを望んだんじゃないのに。

「姉さまが色目などいつ使われました？　誰もが兄に夢中などと、自意識過剰もいいところですよ。濁った眼で見ないでいただきたい」

「あなたこそ、その節穴もう少し磨かれたら？　狙いがお兄様でないのなら、私をあなたにあてがおうとしているようにしか思えませんわ」

ぎくぅっとこわばった私を見て、レティシア嬢が呆れたようにため息をついた。

いかな喪女と言えど、それが二人のためだとしても、大っぴらにしていい策でないことくらいはわかる。それがレヴィを傷つけるだろうことも。

恐る恐る視線を向けた先で、レヴィは笑顔を貼り付けたまま動きを止めていた。

「………仮に………そうだとして、それが何か？」

うっそりと開いた瞼の奥から、底冷えするような目がレティシア嬢を射すくめる。

それがレヴィとレティシア嬢の、気まずい出会いの日となってしまったのだった。


世界的に有名だという指揮者のもと奏でられる、バイオリンコンチェルト。深みのある美しい音色はガラス壁に反響し、常であれば目を輝かせて聞きほれていたことだろう。

さすがに今は心から楽しむことはできない。きっと、並んで座る従弟も。

「……ごめんね、レヴィ」

聞こえるか聞こえないかの小さな呟きに、レヴィはこちらを見るともなしに返す。

「それは何に対してですか？」

「い、いろいろと……」

結ばれるべき二人の出会いをうまく演出するどころか、互いに散々な印象しか抱けず、警戒すべき相手になってしまったことも。他でもないレヴィの今の想い人である私が画策したことで、レヴィをひどく傷つけてしまったことも。何もかもが反省しきりだ。

「お願いですから、こういったことはなさらないでください。僕だって傷つきます」

レヴィは私の肩口にぽすりと頭を乗せると、すり寄るように顔を伏せた。

力なく零された言葉に、良心がごりごり抉られる。

「……ごめんなさい。二度としないわ」

むしろ、もうできない。レヴィの本来あるべき幸せに向けて、何をしたらいいのか全くわからなくなってしまった。

「約束ですよ。次に同じようなことをしたら、そのときは――」

続く言葉は歓声にかき消され、終ぞ耳に届くことはなかった。

翌日の午後、私は統計学の授業に間に合うよう、病院を出て屋敷に戻った。保清の効果実証のために、毎日少しずつ協力病院を回って介入前のデータを収集しているのだ。

なんとか授業前に予定分のデータを取り終えてホッとしていると、玄関前に王家の馬車が停まっているのが見えた。荷台から降ろしている荷物が気にはなるが、ギルベルト殿下が授業のつきそいにと来てくださったのだろう。

「お早い到着ですね。すぐにお茶を準備いたしますわ」

「いや、今着いたところだ。慌ただしそうだな」

一緒に勉強室へと向かう途中、ちょうど廊下を歩いていたレヴィと出くわす。

この二人は混ぜるな危険。また新たなバトルが勃発してしまうのだろうかとヒヤッとしていると、レヴィがぺこりと頭を下げた。

「先日はたいへん失礼いたしました」

「それは何に対しての詫びだ」

「もちろん、以前、殿下がいらっしゃった際の非礼に対してですよ」

レヴィってば、以前私とした約束を覚えていたのね。面と向かって殿下に毒を吐いたことを詫びるようにと。なんて素直ないい子なの。

私がむせび泣きそうになっているというのに、殿下の目はいっそう鋭さを増す。

「…………ほう？」

なんだかとっても空気が冷やっこい。なぜだ、毒舌には怒っていなかったのに。

「リゼ姉さま、授業の前に少しだけお時間よろしいですか？　ご依頼の品をいくつか試作しましたので見ていただこうかと。改良点があればすぐに作業に入ってしまいたいので。まずはこちら、呼吸の補助具の石膏部分をエボナイトで作り直したものになります」

博覧会で見た、あの黒いゴムの加工品。本当に再現しちゃったのか！

「エボナイトは、生ゴムに硫黄を加えて加熱する『加硫』の工程で、硫黄の量と加熱時間を長くしたものなのです」

レヴィはこともなげに言うが、誰でも思いつくものなら、開発者もあんな大舞台で披露しようとはしないだろう。君の頭には、本当に私と同じ物質が詰まっているのかい。

「エボナイトにもレモングラスの香油を練り込んでありますから臭いはそれほどどきつくな

いかと。それから、こちらにも同様の臭い対策を施していますよ、姉さまご所望のゴム手袋です。ご希望通りだとよいのですが」

そう言ってレヴィが小脇に抱えたトランクを開けた。手首の長さまであるゴム手袋がずらり。厚さの異なる三種類が用意されているようだ。

「すばらしいわレヴィ、もう完成したの？」

おっかなびっくりで一番厚手のものを手にはめてみる。厚さは掃除用のゴム手袋といったところか。依頼通り、ゴム同士を貼り合わせた継ぎ目や縫い目もない。私の手より少し大きめのそれは、握ったり開いたりすると多少のごわつきはあるも可動性がよく、ドレスの細かい装飾でも滑らずに摘まめる。

真ん中や一番薄手のものは指先のゴムが伸びやすく、より手にフィットする印象だ。

ああ、ゴム手袋……待ち望んだ、ゴム手袋だよ。

前世では呆れるほど見たその姿が、神々しくも思える。

「希望通りだわ……いったいどうやって？」

「エボナイトで作った腕型を液状のゴムに浸し、乾かしてみました。薄ければ耐久度が落ちますので、浸しては乾かすという工程を繰り返して厚さを持たせています」

「ゴムは液状にもなるの？」

「もともとゴムの樹液は液状なんですよ。放置すれば固まるので、それを防ぐときにアンモニアを使うのです。いっそのこと緩い液状にしてしまえばつなぎ目の問題はなくなるのではと思いまして。エボナイトは型取りが可能ですし、アルカリに……今回で言えばアンモニアに耐性があるとのことでしたから、型にも使えてちょうどよかったです」

ちょうどよかったって……こともなげに言ってのけるレヴィにびっくりだよ。

「薄いほど耐久性に劣るのよね。一番薄いものは、どのくらいの強度かしら」

「ひき伸ばした状態で爪を立てるなどすれば破れてしまいます」

となると、ゴム風船くらいの強度か。単回使用であれば十分だけど、何度も洗って再利用するには厳しい。点滴チューブ用のゴムも、きっと洗いにくいだろうしなあ。

「レヴィ。単回使用ができるくらいに安価での大量生産は可能かしら」

「単回使用となると、原材料の調達段階からの見直しが必要になりますね」

蒸気機関を用いた機械があるとはいえ、人力での作業が主で、物を繰り返し大事に使う風潮のこの世界ではさすがに難しいか。

「姉さまの願いですから。検討してみます。少しお時間をください。それから、申し訳ないのですが、石膏包帯はこれというものがなくて……」

「そんな、いいのよレヴィ、頼みすぎているほどだもの。それに、接着剤のブースには立ち寄れなかったでしょう？　私が、その……」

レティシア嬢との同行を優先させたから、と口ごもる私に、レヴィは小さく微笑む。

「僕は姉さまが傍にいてくださるだけで着想を得られますから、大丈夫ですよ。父は商談を終えていったん本宅に戻りますが、僕だけ滞在期間を延ばしてもらいましたので、もう一度練り直してみますね。姉さまのために必ず完成させてみせますから」

あんなに傷つけてしまったのに気遣いまでできるとか、この歳でなんて人格者なの。

「ほう？　そう言って昨日は人の婚約者を連れ回したのか」

いつもながら耳が早い。博覧会の件はすでにご存じでしたか。

さっきレヴィのお詫びで怒っているように感じたのは、『博覧会での件を詫びるつもりはないのか』と暗に問うていたということね。

「おや。何か問題でも？」

今、室内に雷でも落ちた気がする。

「才で奪い取ってみろとは言ったが、謀略まで許した覚えはない。おまえの身勝手な行動は、おまえが大事に思う従姉を貶めるだけだと自覚しろ」

「謀略だなどと人聞きの悪い。僕は常に姉さまのために従事しているだけですよ。第一、なぜそれほどまでに姉さまの評判を気にするのです？　赤眼の王子などと婚約した時点で姉さまに立つ悪評など知れたことでしょうに」

ほわりとした笑顔を向けたまま、レヴィの言葉が徐々に険を増す。レヴィこそ前回遭遇した際の失言を詫びたばかりだというのに、なぜまた繰り返すのか。

「姉さまを貶めている張本人の言葉とは思えませんね。悪評を避けたいのならそれこそ、……ああ、なるほど。……そういうことでしたか」

レヴィがふと言葉を区切る。笑顔が一切消え、纏う空気ががらりと変わった。

私にはわかる、このままではまずい。第二のレヴィがにょっきり顔を出す。

「レッ、レ、レヴィ！　統計の授業の準備があるので失礼するわ！　手袋と呼吸補助具を本当にありがとう！」

ゴム手袋をレヴィの持つトランクに戻し、殿下の背を押して学習室へと逃げ込む。

後ろ手で閉めたドアにもたれてから、はあと大きく息をついた。

「レヴィへの牽制はもう十分ですわ。博覧会でとても申し訳ないことをしてしまいまして、これ以上レヴィを傷つけたくないのです」

「レティシア嬢をあてがおうとしたことか」

うぐ、そこまで知られているのか。アスコット様が話したのか？

「あの従弟がその程度で傷つくようには見えないがな。おまえはあいつが博覧会で何を企てていたか少しも疑問に思わなかったか」

博覧会の観覧に誘われたのは、私がいろいろ頼みすぎてレヴィの手持ちの知識ではまかなえなくなったせいだ。おじ様とはぐれたのは観覧に夢中になっちゃったからだし、合流を優先していたら今以上に回りきれなかったろう。それに、レヴィがどんなに賢くたって、レティシア嬢との引き合わせなんて計画のしようもないでしょうに。

「いったい何を企てるというのです？　そのような状況ではございませんでしたわ。レティシア様を巻き込んだのは私でしたし、それも何の相談もなく決めたことですのよ？」

「あの従弟ならその場で軌道修正を図ることなど造作もなかろう。おまえの罪悪感を煽って甘え倒したのだろう？　おまえの思惑を見越した上での確信犯だろうが」

「……さすがに穿ちすぎでは」

「はあ……、この様子では、他にも何かしかけられていそうだな。何でもいい、気にかかることはなかったのか」

疑うことはやめないのね。それで殿下の気がすむならばと昨日のことを振り返る。

「そういえば……もし私が再び誰かをあてがうようなことをすれば、という話をされましたわ。その場合にどうなるか、結局わからずじまいでしたの」

「なぜ聞いておかない」

「尋ねはしましたわ。ですが……」

あのとき聞き取れなかったと伝えた私へ、一度はレヴィも言い直そうとしてくれたのだ。

「『どうなるかわからない方が、姉さまは守ろうとされるでしょう？』と。レヴィのことですから控えめでかわいらしい要求でしょうし、全くその通りだわと思いまして」

力強く頷いた私を前にして、殿下は額に手をあて項垂れてしまった。

「おまえ……そんなにも掌の上を転がされて悲しくはならないのか」

「失礼な。レヴィにはいつも、『リゼ姉さまには驚かされます』と言われますのよ」

「別の意味でな……。本当に大丈夫か。そのうち、頭から丸呑みにされるぞ」

「私の従弟を蛇みたいにおっしゃらないでくださいまし」

少しばかり辛辣な言葉が口をつくようになってはしまったが、根は本当にいい子なのだ。

私がむうと頰を膨らませると、殿下はだめだこいつと言わんばかりにため息をついた。

「おまえもなぜまたレティシア嬢をあてがおうなどと考えたんだ。人選が悪すぎる」

「いいえ私にはわかるのです、たいへんお似合いな二人なのですわ！　けんもほろろで、私ではどうすることもできませんでしたが……。殿下のお力添えをいただければと」

レヴィのやる気を維持してもらったときのように、二人をうまく引き合わせてもらえたらと思ったのだが、殿下の視線は珍しく逸れて泳いでいる。

「悪いが、それは無理だ」

いかな殿下と言えど、人様の恋愛事情までは手が回らないか。エレノア嬢がいるとはいえ、兄の婚約者候補をあてがう形になるんだもんね。やりづらさは計り知れない。

「代わりと言っては何だが、どうにも頼りないおまえに対処法を伝授してやる。従弟からの要求への対応だ。いいか、簡単に丸め込まれるなよ」

「わ、わかりましたわ」

「まず先の件だが、今後おまえの従弟が何か言ってきても、条件が不明瞭なものは契約不履行だと言っておけ。殊勝な願い事をしてきたときはまず裏があると疑え、驚くな、それでいいのかと尋ねるな。逆にとんでもない要求をされた場合はだな……」

いやいやいや、多い多い。いくつあるんだ。

「殿下、少々お待ちを。メモを取らせていただいても⁉」

慌てて机に向かい、印象に残っていたものから紙に書き出していると、傍に立ってもう一度最初から教えてくれる。殿下、優しいな。……いや、これは優しいのか？

「自分の中で境界線をあらかじめ定めておけ。それ以上は望まれても断るように徹底すればいい。その線引きがなければ相手の要求通りに丸め込まれやすいと認識しろ」

すべて書き出してみたものの、結構数がある。……これ全部、実践するのは私だよね？　青くなり尋ねようとしたのだが、念押しするような殿下の視線に頷く以外の選択肢などないのだった。

ほどなくして家庭教師が姿を見せた。なぜか、鉄格子を手に。

「あの、レスター先生、そちらは……？」

「今日はこれを使おうと思って」

これを、使おうと……？　な、何に。

先生がひょいと持ち上げる鉄格子は、高さ幅ともに五十センチ強といったところか。

どこからどう見ても授業には場違いな一品を手にし、どこか儚げな笑顔を惜しげもなく晒すこの青年は、乙女ゲームの攻略キャラの一人、レスター・フォン・ローバーだ。上級院を出たばかりの十八歳で、黒髪に栗色の目をした美青年。原作小説では名前や役職くらいしか登場しなかったため、ファルス殿下同様、どんな人物なのかよくわかっていない。あえて言うなら、不思議ちゃんなところのあるアンニュイわんこだろうか。

前世とは医療も統計の発展度合も異なるこの世界で、私が医療統計を行うためになくてはならない存在なのだが……先生は私の前世の統計知識に惚れ込んだらしく、初めて会ったその日にプロポーズし、二回目の授業でデコちゅーをかまし、その次の授業では花に埋もれ、カイルとの倒錯的劇場を繰り広げ、さらに前回は自ら紐で両手を縛るという、なかなか濃い経過を辿っているのだ。そして今日は鉄格子。

先生はいったいどこに向かっているんだ。

「護衛さん、少し手を借りてもいいですか？」

先生に声をかけられたカイルは、最初こそわずかに引いた様子を見せたが、断る選択肢はなかったらしい。先生はソファに座るなり、カイルの手を借りて自身と私との間にいそいそと鉄格子を設置し始めた。

先にソファでくつろいでいた殿下も、カップを持ち上げたままの手が止まっている。

動揺しているのが私だけでないとわかるだけでもありがたいよ。正常の感覚が何かを考えなくてすむ。

殿下の解説によると花も手枷もカイルとの協働すらも自身を律するためのものらしく、これもそうとは思うのだが、鉄格子越しに眺めるはにかんだ笑顔はとてもシュールだ。

言及したい気持ちでいっぱいだとしても、藪はつつかない主義なので。

「協力を依頼した五つの病院を少しずつ回りまして、本日一巡できました」

鉄格子の隙間から資料を送ると、よりいっそう何かの面会を彷彿とさせられるな。

「うん、どの病院のデータシートも空欄なく埋まっているね」

これまでの先生との授業で、この国の医療体制に応じて検証に必要と思われる情報を事前にリスト化してシートを作成しておいたのだ。病院によっては得られない情報があるかと不安に思っていたが、杞憂だったわ。

「記述者の促え方の違いによりデータが使えなくなる恐れがありますので、分担しての情報収集は行わず、侍女が記述したのちに私が診療録とシートを突き合わせて確認しております」

「データの正しさも保証できるね。説得力が増すいい手だ」

そう言っていただけるとありがたいよ。表計算ソフトもデータ管理システムもない完全手作業のこの環境下ではもうこれが限界で。

記述の際に困ったことや気づいたことを先生に相談し、すり合わせていく。一通り相談を終える頃に、少しの違和感を覚える。

「これまでは医療分野に統計学を取り入れることに否定的な医者が多かったからね。リーゼリット嬢の検証から後に続く者が出てくるのではと期待しているんだ」

気のせいではない。先生の声が以前よりずっと聞き取りやすくなっているのだ。ぼそぼそと籠るような話し方で耳を澄まさなければ聞こえなかったものが、一音一音丁寧に言葉を発されているような。

「先生、お声に張りが出ました？」

「え、……そう思う？」

「ええ。とても聞き取りやすいですわ」

そう告げると先生は頬を桃色に染め、花がほころぶような笑みを見せた。

「今少し、練習をしているんだ。気づいてもらえるんだなって……嬉しくて」

その光景はとてもほっこりするものだ。……鉄格子が間に挟まってさえいなければね。

「この分なら俺がいなくとも授業は問題なさそうか」

授業中は口を出すことなく静かに見守っていた殿下だったが、先生を見送る際にぼそりと呟いた。私に聞かせる類の呟きでないことはわかったものの、まるでもう来ないかのような響きに引っかかる。

どういう意味かを問う前に、殿下が持参した荷物を開けるようナキアに指示した。

リボンもかかっていない箱の中に入っていたのは、女性もののローブとショール。それから、なぜか眼鏡。

殿下は贈り物にしてはやや地味な色味のショールを手に取ると、私の肩にかけた。

「ローブも用意したが不要そうだな。ドレスはこのままで良いとして、手入れされた髪はごまかせん。目立たぬようまとめてくれ」

私が疑問符を浮かべているうちに、長い髪がするすると編み込まれていく。殿下が仕上げとばかりに私に眼鏡をかけた。レンズは入っておらず、伊達だ。

私の装いが病院でのデータ収集用のおとなしめなものだったのもあって、鏡に映る姿は一見すると伯爵令嬢には見えない。

殿下も華やかなジャケットを脱ぎ、黒髪かつらと帽子をかぶっている。

「前に屋台を気にしていたろう。すぐそこの公園に小さい市が出ている、そこに向かう」

「え、なぜですか？　伯爵令嬢の、それも殿下の婚約者の私がよろしいの？」

「そのための変装だろう。おまえに目立たず行動する術を教えてやる」

日に日に増える屋台の種類を、指をくわえて馬車から眺めるだけだったのだ。まだ見ぬ屋台を想像して伊達眼鏡の奥が輝く。

「で、では、……アイスクリームなどもよろしいですか？」

「屋敷で用意されたものの方がよくないか？　食べたいと言うのなら止めはしないが」

若干引き気味ではあったけれど、アイスも良いというのならその場で食べてよしとの免罪符を得たも同然だ。

堅苦しいテーブルマナー、パンですらちぎって食べる日々。領地では多少は好き勝手できていたけれど、王都に来てからこっち、屋台を巡るなんて夢の夢だと思っていた。

しかも、殿下直々に買い食いの許可までいただけるなんて！

護衛が真後ろにつき従っていればお忍びだとあからさまなので、カイルには少し離れたところを歩いてもらうことにして。いざ近隣の市場まで！

……と勇んで向かったのだが。

「あ……やはりやめておきます……」

客がべろべろに舐めて返した容器をそのまま次の客に使っているのを見て、食べたい気持ちが一瞬で萎えてしまった。

「英断だな。アイスクリームが食べたいのなら屋敷で出してもらえ」

どうして……あんまりだ。衛生観念が前世の感覚と合わなすぎて心が泣いている。

前世で読んだ小説の屋台巡りがいつも楽しいものだったからか、屋敷では問題なかったからか、食だけは例外だなどと甘いことを考えていたわ……。

店主がアイスクリームを作るために回す、手回しレバーのガラガラ音がまた涙を誘う。燃え尽きている私を見かねてか、殿下は傍らにある屋台の店主と二、三言葉を交わす。

「まったく……ほら、これならどうだ」

殿下が寄こしてくれたのは、包み紙に巻かれた長細いシリアルバーのようなものだ。立て看板にはフラップジャックとあるが、初めて見るお菓子で味が想像できない。

「焼き菓子なら腹を壊すこともないだろう。他に気になるものはあるか」

沈んでいた気分がめきめきと浮上し、それならばと市場をあちこち見て回る。

市が立っているのは、以前セドリック様とテニスに訪れた公園なのだが、前来たときよりずっと屋台の数が多く、軒を連ねるほどになっていた。

行き交う人たちもこの時期だけの食べ物や雑貨に心を弾ませているのがわかる。

彩り豊かなガーランドも、趣向を凝らした移動式屋台も、市場の奥から漏れ聞こえるハープの音色も、たちまちのうちに光を取り戻したかのようだ。

「おまえは何でも楽しそうだな」

「まあ。それはでんか」

「おい。人目を引けばそこでこの時間も終わるからな」

殿下の指摘で気づく。屋台巡りに心が逸りすぎて、呼び名を決めていなかったわ。

……ここで甘えてみたりすれば殿下の反応で親しみを持ってもらえるかも。でも人が多いから、大騒ぎになってそれどころじゃなくなるかな。買い食いの夢も絶たれるか。

「ギルと呼べ。ここでは敬称も不要だ」

愛称呼びが許されたかのようで、ぐらぐらの天秤が完全に倒れる。

「では、私のことは」

「『おい』か『おまえ』で十分だろう」

なんと代わり映えのない。何て呼んでもらえるか、ちょっと楽しみだったのに。

「ギルってば、別に何でも構わないわ。ギルのセンスの見せどころかと」

「おい、意味もないのに呼ぼうとするな」

言う言わないを繰り返し、照れた様子の殿下を堪能しながら店を冷やかす。

バンブリーケーキという平べったい楕円形のお菓子を追加で購入し、大きなハープを器用に奏でているのを横目に見つつ、すぐにでもほおばるために空いているベンチなどはないかと目を凝らしていると、殿下にこっちだと手招きされる。

市場の奥へと進み、貸しボートが出ている池のほとりに辿り着いた。

手を取られて長細い笹の葉船のような木製ボートに乗り込むと、殿下のそつのないオールさばきでボートはあっという間に桟橋を離れた。

池には何艘か繰り出しているが、それぞれ十分な距離がある。

ハープの音色が止み、拍手が遠くに聞こえたあたりで殿下はオールを舟内に収めた。

これだけ離れれば無礼講も終了かな。砕けた会話が楽しかったから、少し残念。

「これで人目も気にならずにかぶりつけるだろう。奏者の傍でも人の目は逸れるが、人の多い市場内に留まればおまえの護衛も気が抜けないからな」

「カイルにも気を配ってくださるとは。ご配慮、痛み入りますわ」

人目を避けたのは愛称呼びを終わらせるためかと思っていたわ。お恥ずかしい。

池のほとりからこちらを窺っているカイルの姿を見つけて目で合図を送ると、小さな敬礼ののちに市場内へと姿を消した。

ボートを操縦している間預かっていた殿下の分のお菓子を渡し、シリアルバーもどきの包み紙を剝きかぶりつく殿下に倣い、私も一口。

………外で買ったものをその場でほおばれる開放感よ……！

これでも一応はご令嬢としてのふるまいに気を配り、人目を気にして過ごしていたのだ。少しばかり窮屈さを感じていたのもあって、じんと染み入る。

「優しい甘さでおいしいですわ。思いのほかしっとりとしているのですね」

見た目の印象で、てっきりざくざくとした食感なのかと。初めて食べる物珍しいお菓子に心も沸き立ち、慌てすぎだと殿下からつっこみが入るほどぱくぱくほおばる。

楕円形の方はケーキという名のわりにパイのような見た目だ。包みから出すとふんわりとバラの香りがする。バラのジャムを予想してかじってみると、さくっとした生地の中に

はバラではなくドライフルーツがぎっしりと入っていた。こっちもおいしい！

「えらくご機嫌だな」

「こういったことを勧められるとは思っておりませんでしたので」

屋台巡りはまだしも、買い食いなどもってのほかだと一蹴されるものと疑ってもいなかったのだ。殿下は頭ごなしに否定するのではなくて、私に適した方法を示してくれている人なのだなあと。これで嬉しくないわけがない。

「おまえは何でも真正面からぶつかりすぎるからな。変装の手段も人目を避ける方法も一例だが、やりようはいくらでもある。もっとうまくやれ」

そういえば初めて殿下に会ったときに私も商家のご子息か、それに扮したお忍びの貴族かと思ったものね。赤い目もこうしていると目立たないし。まさか王子や貴族令嬢がその辺で買い食いしているとは誰も思いもしないだろう。

「こんなに紛れられるものとは思いませんでしたわ」

「堂々としていればそう簡単には見破られない。……だからといって危ない場所には近づくなよ。そのために教えたのではないからな」

「あら、殿下こそ危ない場所にも赴いてらっしゃいそうな口ぶりですわ」

「俺は身を守れる術があるからな。可能な限り自分の目と足を使って確かめるべきというのが兄の持論でな。ともに忍んであちこち回っただけだ。伝え聞く情報だけでは正しい判断ができないだろう」

なるほど、現場を知る人間がどれほど正解な情報をまとめたところで、改竄されたり、都合よく情報を切り取って報告されてしまえば誤って伝わりかねないものね。

「ファルス殿下がおっしゃっていましたわ。殿下に同じものを見聞きし、ともにこの国を支えてほしいと。その言葉通り、ファルス殿下はこうして実践されていらしたのね」

譲歩しつつと言いながら、着々と弟を自身の思う方向に押し進めているようだ。

「屋敷に戻るぞ。……漕いでみたいなら代わるが？」

また絶妙なはぐらかし方をされてしまい、ぐうと唸る。

前世と合わせても手漕ぎボートは初なのだ。ボートだけでなく私まで上手く操縦されているようで少し悔しい。岸に上がったら無礼講を復活させてやるんだから。

オールを受け取り、簡単な説明ののちに水を掻いてみる。へら部分の傾き加減が思ったよりも難しく、水面が波打ち、ボートが揺れるわりにちっとも進む気配がない。何度か試行錯誤を重ねていると、しっかりした手ごたえとともにボートが前に滑り出した。

「今、すごく進みましたわ！　殿下、ご覧になられました？」

勇んで顔を上げ、殿下から真正面から見つめられていたことに気づく。しかも、こんな愛おしむみたいな、耐えているものが溢れたみたいな目で見られているとは思わなくて、びっくりして固まってしまった。

「悪いな、少し考え事をしていた」

ハッとしたように殿下が視線を逸らすのだけれど、私の頬にじわじわとたまっていく熱が止められない。顔を隠そうにも両手はオールで塞がっているし、身をすくめたところで狭い船体で真正面から向き合っていてはどうにもならない。

本当に困る。利害一致なだけの婚約者のはずなのに、殿下がたまにこんな表情を見せるものだから、勘違いしそうになるんだってば。

博覧会の報告を聞き、すぐに事態の収拾に手を尽くしたが、今回ばかりは分が悪い。

リーゼリットの予測不能な行動にもずいぶんと慣れたとはいえ、レティシア嬢を従弟にあてがおうとしたと聞いたときはさすがに拳を握らざるを得なかった。

なぜまた、よりによって。いったい何を考えたらその行動になる。

こいつが兄と結託して俺に揺さぶりをかけているためか、この件で兄はリーゼリットに苦笑こそすれ、幸いにも悪意ある行動とは思わなかったようだ。……ここらが潮時か。

兄の記憶が戻れば最もよいが、今やそれを待つ余裕はない。リーゼリットをつなぎとめ、兄との接点を作り、互いに好ましい相手だと印象づけられただけでも重畳だ。

リーゼリットは医療に邁進しすぎるせいで、令息たちのどんなアプローチも目に入っていないようだしな。これだけ鈍ければ、ミモザの意図も気づくまい。

悪びれた様子のない従弟が気になるところではあるが、急場しのぎだが手は打った。ろくに疑いもしないこいつでも、多少は牽制の代わりになるだろう。

従弟の言う『悪評』も問題はない。『俺との婚約』はリーゼリットの瑕になるが、こいつの性質なら『婚約していた』ことは瑕にはならないからな。

出会ってから今日まで頼むからもう少し落ち着いてくれと願わない日はなかったが、それが望めないのならと、対策の一つとして変装させたのだ。いつか王太子妃となったのちも、こいつが思う夢を叶えられるようにと。

……それが、こんな風に愛称を許し、屈託のない笑顔に目を奪われ、二人きりの時間を引き延ばしているわけだが。向かいで身じろぐ気配に、逸らした視線を戻しそうになる。

その手の揺さぶりは控えてもらえるとありがたいがな。

他にしてやれることは、リーゼリットこそが功労者だと周囲に印象づけるくらいか。

救護所では医官との話をヘネシー卿に阻まれてしまったが、まだ伝達講習がある。

エレノア嬢が伝達の場にいれば自ずと伝達側に回るだろう。

明日の心肺蘇生法の伝達講習へ、リーゼリットを確実に来させるには――

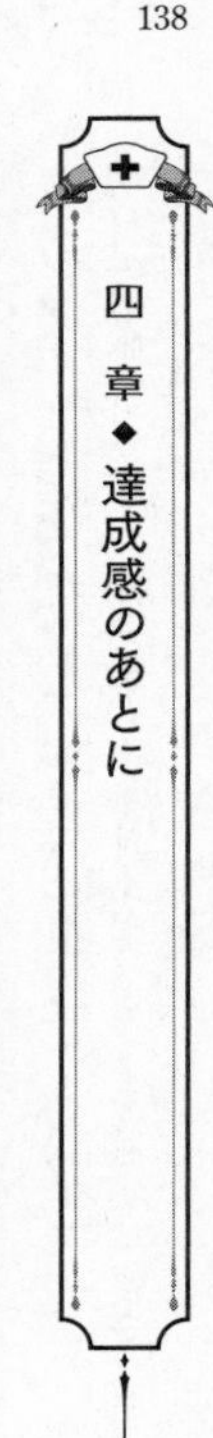

四章◆達成感のあとに

「では、人形を使って今お伝えしたとおりに胸骨圧迫を実践してみましょう。私どもが回りますので、何かございましたらお声かけを」

自国医療の第一人者、ヘネシー卿が王立騎士団の面々へとにこやかに促す。

ヘネシー卿が『私ども』と称して示した先には、何人かの医師と救護所の医官、セドリック様とエレノア嬢――そして、なぜか私が青い顔で並んでいた。

騎士団への伝達はヘネシー卿に一任して、私は関与しない形であれだけ準備していたっていうのに、『クレイヴ様の件を陛下に嘆願する機会がある』との殿下の言葉につられてひょこひょこ来てしまったのだ。

ファルス殿下の命を救ったご令嬢を探せと言わんばかりにぎらついた目をした医師や医官に慄き、鍛錬の見学に来ていたらしきエレノア嬢のすがるような目に、回れ右しかけた足を戻した。

エレノア嬢からすれば、自身の功績でないものをこれ以上広めれば収拾がつかなくなるし、かといって、すでにファルス殿下が騎士団に恩人だとふれまわっているために我関せずでもいられず八方塞がりだったのだろう。

伝達の日時を伝えたような気もするけれど、私と同じく忘れていたのかな。

ヘネシー卿は私やエレノア嬢が伝達時に現れるとは思っていなかったのだろう、打ち合わせと異なる行動でずいぶんと戸惑わせてしまったようだけれど致し方なし。

こんな中でエレノア嬢だけが伝達側に回れば、噂のご令嬢はエレノア嬢だと医師たちに確信を与えるようなものだ。医師からの視線がどんなに痛くとも……いや痛いからこそ、一人だけ矢面には立たせられない。

こうなったら、医師たちにはエレノア嬢と私どちらが噂の令嬢か判断がつかないように、もしくは二人とも別の誰かに教わった側だという体でいく。

その点では私を呼びつけた殿下に感謝すべきなのだろうなあ。

『伝達にギルベルトの名を出さないように』との国王陛下の言を守ってか、自分だけしれっと騎士団側に並ぶのはどうかとも思うけれど。君、もう教わることないよね？

貼り付けた笑顔も固まろうという頃、騎士たちのフォローにと医師が鍛錬場内に散らばっていく。私もこれ幸いと、医師たちから最も離れたところまで足を延ばした。

レヴィがこの日のために量産してくれた模型人形はざっと二十体。騎士たちは五、六人ずつ固まって実践するらしく、配られた説明用紙を手に、そこここで輪になっていた。

ぎこちなく胸骨圧迫を始める騎士たちを遠巻きに見守るだけの私に、セドリック様の訝しむような視線を感じる。

そりゃそうだよね、騎士の人数に対して伝達側は圧倒的に足りないんだもん。

来ないと言っておきながら来ておいて、ろくに働きもしないなんて。

エレノア嬢も助言に回っているのに、何をぼさっと突っ立ってるんだと思うだろうよ。

私も手を出せないのがもどかしくてものすごいストレスなんだけどね、いざ助言をと思ってても、どこまでが怪しまれるラインなのかわからなくてうかつにできないのよ……！

聞きかじった程度の知識ってどんなものなの？

エレノア嬢や他の医師より細かな助言をしていたら後々面倒なことにならない？

当たり障りのない内容に留めようとして、逆に不十分な学びになってしまわない？

あれこれ考えて体の前で固く指を組んでいると、近くの演習グループにいたらしき、ギルベルト殿下にこそっと声をかけられた。

「ヘネシー邸ではあれほど饒舌だったというのに、伝えるべき内容を忘れたか」

「……そうできない事情は、殿下もよくご存じでは？」

恨めしげに殿下へと視線を送るが、殿下はさも楽しそうに口の端を上げている。

「陛下への嘆願の機会は嘘ではない。それに伝達側に並んだ時点で腹を決めたのだろうに。立っているだけでは怪しまれるぞ。第一、おまえがヘネシー邸や病院に通っていることは兄にも筒抜けなんだ。トーナメントでも救護天幕の見学をする予定だと言うし、この場でヘネシー卿以外の医者にも顔を売っておいた方が邪険にされないと思うがな」

いや、全くもってその通りなんですけれども。

「私が通っていることが筒抜けならば、殿下こそ我関せずでいるのは不自然では？」

「俺は目付け役として赴いているにすぎないからな。兄も騎士団への伝達に俺が関与しない理由をよくご存じだ。何らおかしなことはない」

一人だけこのハラハラ感から一抜けとか、ふてぶてしいにもほどがあるよ。

私は額に手をあてぎゅうと目をつむり、頭の中の天秤をぐらぐら揺らす。

身バレ防止の中途半端な学びか、充実した知識を直接伝授できる機会とするか……。

……ああもう、ふっきれたわ！

「肘はまっすぐに。曲げてしまっては力をうまく加えられませんわ」

覚束ない手技の騎士たちのところに分け入り、声をかける。

「斜めや横からではなく、まっすぐ上から押し込むようにしてくださいませ」

顔を上げた相手は赤毛の――ランドール様だった。

まさかこんな隅っこのグループにいるとは思わず、ぴしりと固まる。

「おっ、了ー解！　ありがとなっ」

からりと太陽のような笑みを見せ、ランドール様がすぐに助言を反映させていく。呑み込みが早い。ランドール様の手技を見守りつつ、それとなく周囲に視線を走らせると、私の右隣にはクレイヴ様とアスコット様までいて本気で驚いた。

「先日はどうも。レティシアが悪いことをしたね」

何のフォローもなくうすら笑いを浮かべていた人が今頃何を。喉元まで出かかった言葉をぐっと堪えていると、胸骨圧迫中のランドール様が反応した。

「えっ！ レティシア嬢に会った⁉ ど、どこで⁇」

「ランドール、手を止めるな」

クレイヴ様の注意もものともせず、かぶりつかんばかりだ。

勢いにのまれながら質問に答えれば、ランドール様は悔しそうに唸った。

「アスコット様……俺も呼んでくれって言ったのに。ひでえよ……」

「悪いね。レティシアに断られたんだ」

「くそお、めったに会えないのに……絶対トーナメントでいいとこ見せるっ」

拳を握るランドール様の傍で、わかりやすいだろうとアスコット様が口の端を上げる。

本当だわ、私でもばっちりわかる。ランドール様の想い人はレティシア嬢なのね‼

あの方はうちのレヴィの将来の恋人なんですけどとか、なかなか見込みの薄い相手じゃないかとのつっこみが頭をよぎるけれど、今考えるべきはそこじゃない。

ランドール様が件の騎士候補から外れたのだ。

アスコット様の思わせぶりな態度が難解で判断がつかずにいたけれど、ファルス殿下の前だろうと一切遠慮なくエレノア嬢にいちゃついていたのは、恋心ゆえだったのね。

今もなおそこで拳を掲げているランドール様よ、君のわかりやすさに感謝を。

これで第一関門突破よ。件の騎士は、アスコット様だわ!!


その後、私は晴れ晴れとした心地で近隣のグループを転々とし、実演を見ただけではわかりにくい力の入れ具合や心肺蘇生の交代時のコツなどを伝授していった。

騎士たちが実践を一巡したあたりでいったん休憩を挟み、紅茶とお菓子が振舞われる。

私は他の医師たちの目を逃れ、木陰で一人冷たい紅茶をいただく。

伝達講習の場に呼ばれたときは殿下めと思ったけれど、今日来た収穫は十分にあった。

トーナメントまで残り十日。なんとか事前に確定できたわ。

あとはアスコット様に団体戦を辞退するよう説得しなきゃいけないのだけれど、この国の英雄と対峙できるのを楽しみにしていたアスコット様が頷いてくれるかどうか。

レティシア嬢の説得にならら応じてもらえるかしら。博覧会でレティシア嬢と仲良くなっていれば頼めたか……いや、ないな。

『お兄様の楽しみを奪おうなどと何様のつもり』とか一蹴されて終わりな気がする。

私はいったいどれだけの悪手を踏んだんだ……。

ああでも、私が『レティシア嬢がたいへんなことに』と謀るか、エレノア嬢に頼んで呼び出してもらえばついてきてくれそうな気もする。そして閉じ込めるなどしよう。

思案にふけっていたために人の気配に鈍くなっていたらしい。地面を踏みしめる音に慌てて振り返ると、傍らには紅茶のカップを手にしたセドリック様が立っていた。

「君、いったい何がしたいの」

ご指摘はごもっとも。私が逆の立場でも同じ疑問を抱くだろう。

「極力、私が関わっていると公にしたくはなかったのですが、そうも言っていられなくなりまして」

「だからって行動がちぐはぐすぎるでしょ。それにこの状況も。噂のご令嬢は僕からすれば君以外ありえないのに、騎士たちを見ているとどうも違う認識のようだし。第一王子自らが選んだっていう婚約者もエレノア嬢なんでしょ。割り入って名乗り出たいの？」

「断じて違いますわ！　それだけは、絶対に。ただもう何と説明してよいのか……」

セドリック様はヘネシー邸での事前講習で、ヘネシー卿が私の説明を真剣に聞き入ってくださっていたのを知っているのだ。今更セドリック様に第一王子を救ったのは私じゃないと言い募るつもりはない。

でも、恋路を邪魔する悪役令嬢疑惑だけはやめていただかねば。

「エレノア様が噂のご令嬢だともあまり広めたくもなくて、でもそれは王太子妃狙いなどではなく、私とエレノア様双方の希望を叶えようとするとこうならざるを得なくて。それに、せっかくの伝達の機会を逃す方が私には我慢ならず……」

うんうん唸りながら訂正を入れると、セドリック様は複雑な事情に呆れた顔を見せた。

あいかわらず面倒なことしてるな、とでも言わんばかりだ。

「それなら父様は君とエレノア嬢、どちらにも話しかけた方が自然だね」

セドリック様がヘネシー卿にそっと視線をやると、それを合図としたのか、ヘネシー卿が周りに断りを入れてこちらへと足を向けた。

先日、救護所に赴いた際、ヘネシー卿が私のことを息子の友人だと医官に紹介していたのだったか。怪しまれないように、セドリック様を介してどう立ち回るべきか確認してくださったのだろう。

はあ、もう本当に素敵だ、拝もう。

「今日は突然参入してしまって申し訳ありません。またもご配慮いただきまして」

「いえいえ、人手も足りませんでしたからね。リーゼリット嬢にご相談もございましたし、今日お会いできてよかった。このあとエレノア嬢ともお話しするつもりですが……ああそれとも、噂のご令嬢がお二人とは別にいるようにふるまった方がいいですかな？」

「撹乱できるものでしたらどのような方法でもかまいませんわ。それで、ご相談とは？」

「止血帯の試用報告ですよ。この伝達講習後に医者や医官たちとトリアージについて話し合う予定でしてね。その報告とともにリーゼリット嬢にお伝えするつもりでおりましたが、止血帯にさらに改良を加えるおつもりでしたら早い方が良いでしょう」

ヘネシー卿にお渡ししておいたレヴィの試作品だ。今試用報告をいただければ、トーナメント前に改良して再度試用を依頼するのに余裕をもって臨める。

「早い方がありがたいですわ。いかがでしたか？」

「内臓に達するような傷では止血帯の適応外かと思いましてな。条件に合う体幹部の出血事例がなく、そちらはあいにく確認できておりませんが……」

それもそうね。肺や消化管に穴が開いた時点でこの国では治療不可の死亡認定だ。よくて止血したまま即搬送だけど、それが続けば手元の止血帯がなくなってしまうな。

「四肢切断事例を用いて、血が止まる加圧力は調べられましたよ。腕であれば血が止まる加圧力は四から六。足は六から七といったところでした」

「そ、……それは相当痛いのでは」

血圧計自体がこの国にはなかったので、計測器は蒸気機関用のものを使用したのだけれど、ヘネシー卿に渡す前に私の腕に巻いて確かめてみたところ、体感としては十段階のうちの四で一八〇 mmHg くらいの強さだった。その加圧力では、少しの時間であっても腕がしびれてしまう。

それより強い力で一時間も圧迫するなんて、とてもじゃないが耐えられないだろう。

体幹部にいたっては患部を直接圧迫するのだ、比喩でなく痛みでショック死するわ。

「拍動とともに血が溢れるような、動脈からの出血時にのみ使用を限定し、使用する際は痛み止めとの併用が望ましいでしょうな」

妥当な判断だわ。事前検証にあたられた手術患者さんありがとう……。

「加圧に応じて血が止まる以外にも、抹消の脈が触れなくなりましたので、そちらも目安にできるかもしれませんな」

「人によって数値が異なるとのことでしたし、一見してわかる目安があるのでしたら計測器は不要でしょうか。止血しつつの搬送を考えると、数を揃えた方がよいように思います。簡素化できると喜ばしいのですが」

「そうですな……一つ数値を上げるのに三、四回はポンプを押していましたし、出血や脈の有無を基準とすれば計測器なしでもよいかと……」

なぜヘネシー卿は苦渋の決断みたくなっているのか。

なくしたくないなら残すけれど、話を聞く限りではあまり必要性を感じないのだが。

「ああそれから、一度加圧すると布の結び目が硬くなってしまうので、外す際に布を切らざるを得ないという報告もありましたな」

その場にある布を使えば十分だと思っていたけれど、一回ごとに布をダメにしていては、少ない物資でやりくりする前線には向かないか。エボナイトで専用のベルトを作れるかもしれないけれど、止血帯の数を揃えることを優先させたい。

「それでしたら、ロープワークの中に使えそうなものがございますわ」

ヘネシー卿とセドリック様が覗き込む中、ドレスのリボンを使って本結びをしてみる。右端と左端どちらを上にして輪に通すかさえ覚えてしまえば簡単に結べるし、ほどくときは結び目が縦になっている方をひっぱるだけですむ。

「なるほど、リーフノットですか」

「知っているの、父様」

「船乗りの間で使われている結び方で、力をかける方向次第で結び目の強さを変えられると。聞きかじった程度だがね。リーゼリット嬢はよくご存じでしたな」

「物知りな執事長がおりまして」

気球の一件を経て、ロープの扱いの一つでも覚えていた方が生き残れそうだなと思い、ベルリッツからポーカーフェイスの特訓も兼ねて手取り足取り教わっていたのだ。

難解なパズルのようなロープに四苦八苦するときも、よくできましたと褒められたときも常に微笑みを絶やさずに過ごすという、何粒にもおいしい特訓の成果である。

「はは。リーゼリット嬢が博識な理由の一端ですかな。しかし知識を生かすよい発想力もお持ちだ。あのポンプにも驚きましたよ。ゴム袋内の空気を奪うことなく注入のみ行えるとは、呼吸の補助具のときは気づきませんでした。入れた空気を抜く機構もいい。ポンプ上部のねじ部分に空気の出口があるのですね」

前世で使用した血圧計の送気球を思い出して作ったため、出口の機構には実のところモデルがあったりする。イメージ通りの機構に作り上げたのはレヴィだ。

自慢の従弟を手放しで褒められ、つい顔がほにゃほにゃになる。

「屋敷に戻り次第、従弟に伝えます。喜びますわ」

「それともう一つおもしろいことがございまして。人により血の止まる加圧力が異なるのですが、太っている者や尿の出が著しく悪い者、よく息切れを起こしていた者に一貫して高い加圧力を要したのです。トーナメント後にいくつか試してみたいことがございますので、計測器つきのものを一つ、個別に作っていただけるとたいへんに助かります」

まるで子どものように目を輝かせたヘネシー卿は、改修後の製品を心待ちにしておりますよ、とにこやかに去っていった。

……もしかして、今まさに高血圧という概念が誕生しつつあるのだろうか。

ヘネシー卿が計測器を残したがっていた理由に納得すると同時に、近い将来、疾患の診断基準が新たに加わるのだろうなという確信めいたものを覚える。

カムフラージュも兼ねてか、さっそくエレノア嬢と話されているヘネシー卿の横顔を再び拝むような気持ちで見やっていると、隣から小さく噴き出すような音がした。

「何かおかしなことでも？　セドリック様」

「あんな顔の父様は初めて見たなと思って。会話中の父様の表情を見れば、どっちが件の令嬢かだなんて誰も迷わないだろうにね」

言われてみれば、今向こうで理想の紳士然とした態度を保っているヘネシー卿は、時々私に見せてくださる茶目っ気を感じるしぐさや生き生きした表情とは程遠い。

いやまあ、どちらも素敵ですけど！　私だけとか特別感があって喜んじゃいますけど！

「何を嬉しそうにしてるの……」

全身から照れと喜びがほとばしっている私の様子に、セドリック様も呆れ気味だ。

「ヘネシー卿が素敵すぎて、つい。ああ、そういえば先日、ヘネシー卿直々に『私が婚約していなければ、セドリック様にと父の元に通い詰めていました』って。あんな素敵な方に冗談でもおっしゃっていただけると照れてしまいますね」

わはは、とセドリック様を振り仰ぐと、うっすらと頬を染めて盛大に眉をひそめていた。

「………っ、………最、悪」

ほら、もうやっぱり。ヘネシー卿、息子さんの意向を確認せずに物事を進めてばかりいると、またトラブルのもとになっちゃいますよ？

「そうでしたわ、セドリック様。さきほどのお話に戻りますが、私の様子はほかの方にもファルス殿下とエレノア嬢の間に割り入ろうとしているように見えたでしょうか？」

「さあね。僕がそう思っただけで、他の人のことなんて知らないよ」

たとえヘネシー卿がどんなにフォローしてくださっても、私がしゃしゃり出た事実は消えない。

せっかく得られたファルス殿下の信頼がこれで崩れたらどうしたらいいんだ。

再びの悪役令嬢疑惑も悲しいが、ツンデレ大好き同盟がなくなるのもつらい。

同じ嗜好を熱く語り合うという、あの楽しさを知ってしまったがために。

「はあ……僕が思ったように感じてほしくはないってことだね。そんなの、意識を逸らせばいいだけでしょ」

何をどうやるつもりなんだろうと見上げる私に、セドリック様は『まあ見ていなよ』と不敵な笑みを見せた。


休憩が終わり鍛錬場に再び集合し、まずは解説からとヘネシー卿が声を張り上げる。

「次は安全な場所に運ぶ方法をお伝えいたしましょう。セドリック」

「では、被介助役をどなたか……ギルベルト殿下、よろしいですか」

セドリック様の飄々とした指名に、その場にいるほとんどがぎょっとしたのを感じた。

医師たちはおそらく、敷かれた箝口令から。騎士たちは騎士団外での殿下の立場を慮ってか。そして私と殿下は国王陛下からのお達しゆえだ。

被介助役であれば『騎士団への伝達にギルベルトの名を連ねるな』には当たらないよね、とギルベルト殿下を見やると、殿下は辞退するのもおかしなものと判断したのだろう。眉間にしわを寄せつつも前に踏み出てごろりと大の字になった。

「意識のない状態の人間を運ぶ方法ですので、被介助役となる方には全身の力を抜いていただきます」

セドリック様は殿下の足側に立ち、だらりと力の抜けた殿下の片足を持ち上げる。

私がヘネシー邸で実演した、被介助者のお腹の上に寝転がる方法ではない。どうやら二人は熟練者の方法でレンジャーロールを実演するようだ。

セドリック様が殿下の足を持ったまま体の上を転がったかと思うと、次の瞬間には肩に殿下を背負っているのを見て、騎士たちからどよめきが起こる。

「すごいな、なんだ今の技は」

「担架も人手もいらず、一瞬で持ち上げられるのか！」

「ちっとも鍛えているようには見えないのにな」

実際の戦地を知る騎士たちからも高評価をいただけたようでホッとする。

若干失礼な言葉も飛び出し、セドリック様が半眼になっているけれど。

セドリック様は近くにいたランドール様を招き、被介助者を背負ったまま他者に引き継ぐ方法も実演してくれた。これで一度地面に下ろしたり持ち上げたりという負荷も減り、一人で運ぶにはつらい長距離の搬送にも困らなくなるだろう。

「この方法はギルベルト殿下が戦地での状況を鑑み、ご提案くださったものです。僕と何度も練習を重ねてこの方法に至りましたが、何パターンか順を追ってご説明いたします」

セドリック様の言葉で殿下に動揺が見られたが、ランドール様に担がれたままだったために口を塞ぐこともできなかったようだ。

「何を勝手な……、ぐっ」

地面に降りた殿下が何か言い返す前に、ランドール様が殿下の首へと腕を巻きつけた。

「なんだよ殿下！　鍛錬休んでリーゼリット嬢のところにばかり通っているのかと思えば、俺たちのために考えてくれてたのかよ。泣かせるなあ、もう！」

「そうしたら殿下、講習いりませんよね？　何ちゃっかり教わる側に回ってるんですか」

殿下の必死の抵抗も空しく、ランドール様から頬ずりされ、周りの騎士たちからも頭を撫でまわされてもみくちゃにされている。

ファルス殿下はにっこにこだし、医師たちはあっけに取られている様子。

なるほど、これが意識を逸らす方法か。覚えておくとしよう。

心肺蘇生法と運搬法の伝達講習を終え、鍛錬場に転々と横たわっていた模型人形が従者たちによって運び出されていく。

これらの模型人形は騎士団用に数台を残し、残りは新規に製作した分と合わせて順次国内の各病院へ届けられる予定だ。アンビューバッグも含め、この場にいる医師たちが病院を回って講習を行うのだという。

手順や注意点を紙面に残してあるとはいえ、一度の講習で生涯知識が残るわけではないし、知らないうちに改変が加えられて誤った方法が定着してしまう恐れもあるので、定期的に講習会を開催する必要があるだろう。模型人形やアンビューバッグに破損や不具合があった場合のフォローも考えておかないといけない。

でも、まあ、ひとまずは。無事終わったわ……。

私が魂の抜けた顔をさらしていると、ヘネシー卿に声をかけられた。

「これから伝達メンバー全員で謁見の間に移動するのですが、ご一緒されますか？」

国王陛下に完遂の報告と、労りの言葉をいただくのだとか。殿下が言っていた嘆願の機会とはこのことか。今後のフォローアップについて進言するにもよい場になるわ。

「ぜひご一緒させてください」

にこやかに告げると、横からギルベルト殿下が割り入ってくる。

「俺も同行する」

「よろしいのですか？」

この面々で陛下の元を訪ねれば、伝達講習への関与について詰問されそうだが。

「騎士団に周知された時点で陛下の耳にも届いている、今更だ。それに、おまえだけ行かせるとろくなことにならないからな。……頼むから喧嘩腰にはなってくれるなよ」

渋々といった体を保ちつつも、最初からついて来てくれるつもりだったのか。今日呼ばれなければ、機会すら失っていただろう。殿下の不器用さに思わず笑みが零れた。

鍛錬場に散っていた模型人形の代わりにあの丸太もどきがいくつも運びこまれ、準備が着々と整えられていく。重装備に着替えた騎士たちが馬を慣らす傍ら、従騎士や従者たちが慌ただしく立ち回っている。

馬に乗って戦う『騎士』と、馬や武具の手入れや戦いの補助をする『従騎士』、給仕や身の回りの世話を担う『従者』。本来は騎士の下で鍛錬を積み、礼節を学び、従者、従騎士を経て、実力を認められた者のみがようやく騎士になれるというが……。

従騎士の中にはクレイヴ様の姿も見え、その背後を駆ける騎士との対比に胸が軋む。

今日の嘆願が、あの中に戻れる手助けとなれればいい。

「やあ、いよいよ始まりますな」

「例年人手不足は否めませんから、この時期は気が重いですよ」

謁見の間へと向かいつつ、鍛錬場を横目に医師や医官たちが談笑を始める。

「今日のようにご令嬢方にご参加いただけると頼もしいのですが」

冗談ともとれるような言い回しでこちらに話がふられても、苦笑で返すしかない。

見学としてお邪魔させてもらいはするが、素人に手伝われても邪魔でしょうに。

このお誘いの言葉は、件の令嬢に当たりをつけるためのかまかけなどではあるまいな。

「血止めや火傷などの軟膏処置でしたらお手伝いできるかもしれませんが、トーナメントの救護は初めてですので、お役に立てるかどうか」

え、エレノア嬢ーっ、素直すぎるよ！

医師たちの目が一瞬光ったのを見逃さなかったからね？

「おや心強い。ロータス伯爵令嬢はいかがでしょう？」

攪乱に入りたいけれど、こればかりは私には荷が重い。

救護所で拝見した薬はどれも見慣れない名前ばかりだったのだ。

メモには残したもののわかりづらい容器で取り違えの危険もあるし、薬の効能も使用法も適量も知らないでは、ろくな動きが望めそうにない。

止血帯を装着したあとの状態観察や時間管理くらいならなんとかなりそうだけれど、『今絶賛開発中のものをなぜ知っている』と墓穴を掘りかねないのでそれも不可だ。

「個人的な興味で救護天幕の見学を申し出ておりましたが、お役に立てるとは……」

白とも黒とも言わない、これならぎりぎりセーフだろうか。

「お二人ともご興味がおありとは嬉しいですな。簡単な処置でも後方支援でもかまいませんので、団体戦時にお力添えを。ヘネシー卿のご子息もいかがですかな」

……セーフじゃなかった。セドリック様は巻き込まれて渋い顔になっているが、ヘネシー卿は困りつつも、『そうしてくださると嬉しいなあ』と顔が言っている。

「救護天幕で使用される薬の多くは修道院から卸しておりますの。実物が手元にあればいつでも見直せますし、作っているところも、私でよければご案内いたしますわ」

エレノア嬢にこそりと耳打ちされ、魅力的なお誘いに瞬きで合図を送る。

互いにフォローし合って、医師への撹乱に励む。

こうして私たち三人は、団体戦時の救護の手伝いに入ることとなるのだった。


半月ぶりの謁見の間は気後れするほど豪奢だ。もう三度目になるが、慣れる日が来るとは思えない。今日の国王陛下への報告はすべてヘネシー卿が行ってくださったため、緊張や重圧を感じる間もなく後ろに控えているだけですんでしまった。

報告を終えてすぐに下がろうとする面々に、どうやって残ろうかと焦ったが、陛下から『ギルベルトと婚約者であるリーゼリット嬢は今少し残るように』と声がかかる。

殿下は事前に目通りの依頼までしてくださっていたのか。残るのが殿下と二人なら、医師たちに怪しまれずにすむ。いろいろ考えてくれているのだと浮かれていたが……。

「さて。なぜ伝達側にギルベルトがいるのか」

……まあ、詰問から入るよね。

「申し訳ありません。関係者への口止めが十分に行えておりませんでした」

国王陛下のお変わりのなさに、一気に気分が沈むよ。

「おまえにしては脇が甘いのではないか。気でも緩んだか。それとも私の見立て違いか」

あいかわらずの言い草にいらだちが募る。

「恐れながら陛下。騎士団員と殿下はすでに良好な関係を築かれているようにお見受けしましたわ。ヘネシー卿より、医者には箝口令が敷かれているだけとも伺っております。彼らにギルベルト殿下の功績を認識されたとして、何が問題なのでしょう」

傍らから私を諫める殿下の声が聞こえる。

これは喧嘩を売っているのではないの。単なる素朴な疑問だから。

「良し悪しの線引きをいかように行う。医者に敷かれた箝口令を騎士団が知りうるか。騎士団での特例を医者たちは把握しているのか。この場では良い悪いと我々が線引きを加えるたびに混乱を招くであろう。いずれも綻びの原因にしかならぬ」

セドリック様が殿下を指名したときの皆の反応と、ランドール様たちが殿下をもみくちゃにしている間の医師たちの反応がよぎり、むうと口を閉じる。

特例を作れば徹底は難しくなるだろうけれど、これに関しては綻んでもよくないか。

ファルス殿下に任せると言うのなら、いっそのこと全撤廃しちゃってよ。

「叱りつけるためだけに残したのではない。これを受け取り下がるがよい」

侍従を経て渡された保清の効果実証の企画書には、ギルベルト殿下の名が二重線で消され、代わりに陛下の名が刻まれている。

本当に消したわね、この人。

　厚みのある企画書を持つ指に力が入り、紙束が折れてパキリと鳴る。

「陛下。以前、私は報酬を却下されたと記憶しておりますわ。いただけなかった報酬の代わりに、お願いを聞いていただくことは叶いますでしょうか」

「ほう。今度は何を頼むつもりだ」

　陛下はこめかみに指をあてこちらをねめつけ、先を促そうとする。

　この様子では、ものによってはあっさり却下されるな。

「まず一つめ。心肺蘇生法を国中の病院に流布し、正しい方法を十分に浸透させるためには、定期的な講習を重ねる必要があり、また器具のメンテナンス・補修を要します。これらの管理と補償を担っていただきたいのです」

「理由を申してみよ」

「流布担当となる医者は通常業務を休止して各地の病院を回ることとなるでしょう。講習後に問い合わせが殺到し、業務外での対応に追われるやもしれません。人手や予算が不足すれば地方の病院の把握がおろそかとなる恐れもございますし、担当者が直接地方に赴くことができず人伝てに講習が行われ、その結果誤った方法が流布される恐れもございます。医者たちの善意と義務による継続ではなく、いち国家事業としての管理監督と、運用に関する諸経費について十分な補償をお願いしたいのです」

　陛下は顎髭をさすり、表情を変えることはない。続けて良いってことだよね。

りますか「また、模型人形と呼吸の補助具は現在、王都内の工房を一時的に借りて製作を行っております。これらは日常的に使用するものではなく、使用の場も限定的です。受注や修繕依頼が常に入らなければ、地方の工房が手を挙げることは望めないでしょう。そうなれば、国中に散った器具の管理を一手に引き受けることとなります。いかな市場を独占しようとも零細では長くはもちません。その工房が潰れれば補修の術を失います。ゆえに、器具製作を担う工房へ事業継続費として運用諸経費の一部から補填いただきたいのです」

かつて、かの女史はこう言った。『無償の善意に頼るだけの活動には限界がある』と。

一度人生を渡ってきた身として、実感を伴って全面同意するわ。

広く、永く、確実に知見を継承していくために補償は必須。

「伝達に携わる医者とこの器具製作に関わる工房にのみ、継続して国庫を開けろと申すか。さて民は納得するだろうか」

一時的な報酬とは異なるのだ、正しい懸念でしょうね。

「ギルベルト殿下。私がファルス殿下をお救いした際、どなたの助力を得ましたか？」

「……その場に居合わせた者だ」

巻き込まれて不服そうな顔をしながらも、殿下が願った通りの返答をくれる。

「ええ、その通りですわ。この事実が示すように、心肺蘇生法は正しい知識さえあれば、医者でなくとも、国防を担う騎士でなくとも行えるのです。私は病院と騎士団への伝達がゴールなどとは考えておりません。病院内に十分浸透したそののち、ゆくゆくは民にも伝達する予定でおりますの。街をいく誰もが、万一のそのときに自身の大切な者をその手で救えると知り、これを愚かな国庫の使用だなどと阻む者がおりましょうか」

　さあこれで憂いはないはず。本当に国内に根づかせたいのならば、ここで支援を出し渋るは愚の極み。賢王の名は返上してもらうわ。

　ずしりと感じる重圧に慣れることはなくとも、笑顔を消すことも要求を引き下げたりもしない。これでもすでに一度人生を渡ってきた、くそ生意気な女なのでね。

「ふはは、よかろう。議会で予算申請にかけよう。なんとも強欲な願いだというのに、これで一つめとは」

　剛毅な笑い声と承諾の言葉に、私の口からふううと長く息が漏れる。

　安堵とともに崩れ落ちそうだけど、問題は次だ。

　国のためと理由を述べるわけにもいかない、個人的な願いをこの王が許すか否か。

「あの日の罰則により、ある者が生涯、従騎士となる命を受けたとお聞きしました。もう一度騎士となりうる機会を。どうか、寛大なご配慮を賜りたく存じます」

「リーゼリット嬢が取りなす必要がどこにある。その者から頼まれたのか」

「いいえ、粛々と受け入れておいでした」

「貴殿の性分だったか。目に入った者は放っておけぬと。その者には十分な恩情をかけたつもりでな。沙汰を覆すに至るほどの価値を感じられねば認められまい」

やはりそう簡単にはいかないか。交渉材料となる手札はもうない。クレイヴ様の価値を論じろと言われても、私には語れるほどのつきあいもない。

でも可能性は捨てたくない。あがいてみれば活路が生まれることだってある。

ほんのわずかな希望だって、ないよりはあった方が絶対にいい。

ずしりとのしかかるような圧を跳ね返すよう、ぐっと胸を張る。

「恐れながら、陛下。人の価値は、可能性は、ただ一度の失敗で狭めてしまえるものでしょうか」

「同じ過ちは繰り返さないと？」

「そうしないための知見を進んで得ますわ。成功も失敗も糧にできる者の方が、成功だけを知る者よりもより強く、しなやかに物事にあたれましょう。自らに不足しているものが何なのか、今後どうすべきか見つめ直す機会を与えられるのです。いたずらに道を閉ざしてしまえば過去の経験は生かされず、周囲がその背を見て学ぶことも叶わないでしょう。人を導く者として、陛下にはその機を奪ってほしくはありません」

気を抜けば膝からくず折れてしまいそうな、頭に肩にとのしかかるあいかわらずの重圧。

鷹揚に構える陛下からは、めったなことでは曲げないであろう頑強な意思が滲む。

さあどう出る、と返答を待つ私から陛下の視線が逸れ、ギルベルト殿下へと向かった。

「ギルベルト、おまえはどう思う」

ここで殿下に問うか。殿下ははじめ、謁見の機会を持つことすら渋っていたのだ。この場への同行がいきすぎた私を諫めるためだったのなら助力は望めない。

殿下の言葉次第で沙汰が決まるのかとじりじりした気持ちで隣を窺う。

「陛下。リーゼリット嬢はこの件を自らに原因があると考えているのです。生来の気質だけでなく、強い責任感ゆえの申し出かと。『常に命を狙われる兄に仕える者が、愚鈍であってはならない』という陛下のお考えも、かけられた恩情をも承知の上で申し上げます。私もその場にいた者として、またその者の今後を見据える一人として、寛大な沙汰を望んでおります。私だけでなく、兄もあの日の記憶が戻れば同じように思うでしょう。なにとぞご賢慮を」

背をまっすぐに伸ばし、首を垂れる。……まさか、後押しをもらえるなんて。

殿下の立場もあるだろうに、私を一人で対峙させず背を押してくれるの。

「ほう、そうくるか。ではリーゼリット嬢に再度問おう。その者の今を知り、その上で、排斥は不適であると述べるか」

「……私はその方のほんの一部しか存じ上げませんが……」

馬上槍試合の準備をしつつ、次は俺の番だと目を輝かせる従騎士の中で、ただ一人表情のないクレイヴ様が脳裏によぎる。

周りの従騎士たちが馬で駆けていくようになっても、一人だけずっとあのままだとか。理不尽にも道を閉ざされ、甘受するしかないなんて。そんなのは見ていたくない。

誰しもすげ替えのきく駒なんかじゃない。意思を持ち、感情を持つ一己の人間なんだ。

「それでも私は、その方が陛下の命を受け入れつつも、たゆまぬ努力を続けているところを拝見しました。騎士団員が復帰を心待ちにされていることも知っております。こたびの王命は、誰も望んではおりませんわ。それこそ、当事者たる両殿下ですらも。ですから私は、排斥を不適であると断言いたしますわ」

逃げも隠れもしない。まっすぐに正面を見据えると、視線の先で陛下がゆっくりと口の端を上げた。

「──あいわかった、そこまで言うのならば、特例として騎士でのトーナメント参加を認めようではないか。馬上槍試合の成果いかんで騎士に戻すと約束しよう」

はじめ、言われた内容が理解できずに反応が遅れた。

呆けたように瞬きを繰り返す私の前で、陛下は侍従を招き、沙汰を申し伝えている。

「勝敗に手心が入ってもいかぬ。騎士団には条件を伏せ、本日より復帰と急ぎ伝えよ」

退室していくあの侍従の向かう先は、鍛錬場なのだろう。

頭の中に、伝令を聞いたクレイヴ様がぶわぶわと浮かぶ。セラムを前にしたときのような、隠しきれない喜びを滲ませる姿が。

「これでよいな」

「たっ、たいへんに寛大なご配慮、感謝の念にたえませんわ」

慌てて礼をとるが、こみあげてくる熱だとか興奮だとかを抑えるのがひどく難しい。

だって、あの王がめちゃめちゃに私情の入った願いを認めたんだよ？

非情に人を操作するばかりの、あの王が。

「リーゼリット嬢、一つ尋ねるが。ギルベルトの市井評価の改善とやらは諦めたのか」

「陛下の『ファルス殿下に任せる』との言に従っておりますわ」

一見諦めたともとれる言い回しだが、ファルス殿下の了承を得て協同しているため、嘘ではない。にこりと微笑んだつもりだったが、生来の負けん気がたたって不敵に見返したので、バレバレだったようだ。

「相変わらず威勢のいい令嬢だ」

うずうずと湧き上がる心地とともに、決意を新たにする。

見てなさい、この意気で絶対に、ギルベルト殿下の状況をも好転させてやるんだから。

鍛錬場へと続く回廊を殿下と連れ立ち、ほこほこした気持ちで歩く。

「殿下、さきほどは口添えをありがとうございました」

「それほど役には立っていなかったろう」

「いいえ、証左は大事ですもの。それに、私を支えてくださるのだと、とても心強く感じましたわ」

「……まあ、おまえも喧嘩腰は控えていたようだったからな」

ふいとそっぽを向く殿下の頬が赤くて、つついてしまいたい気持ちを必死に抑えていると、遠くからうおおと野太い歓声が届いた。賑やかな声の方へ視線を向ければ、騎士たちからもみくちゃにされているクレイヴ様の姿がわずかに見える。

私たちよりも先に謁見の間を出た侍従が、ちょうど今騎士団に伝えたところなのだろう。

遠目なので表情や会話まではわからないが、クレイヴ様もどことなく嬉しそうだ。

騎士たちにひとしきり撫でられたあとランドール様から背を叩かれ、馬屋の方へと駆けて行った。きっと愛馬のセラムを迎えに行くのだろう。

道を拓くことはできたけれど、ここから先はクレイヴ様次第だ。

精一杯がんばっておいで、と心のうちで送り出す。

「存外寛大な処置と言うわけでもないがな」

殿下がため息混じりに零した言葉の意味を私がはかりかねていると、侍従が傍まで来て恭しく一礼し、私たちへと声をかけた。

「王妃殿下がお二人をお呼びでございます」

何の用だろうと首を傾げる私とは違い、殿下の表情は晴れない。

「……言ったろう、あまり好き勝手していると横やりが入るとな。かねてから話はあったんだ。お前のふるまいが婚約者とするには浅慮すぎやしないかと」

「で、では、今からされるお話と言うのは……」

「十中八九、婚約の見直しだ」

…………なんですと？

王城でのお茶会に呼ばれ、殿下の婚約者となってからひと月ほど。

かつて、この国でこんなにも早く婚約破棄の危機に陥ったご令嬢がいただろうか。

しかも婚約者本人でなく、親御さんからとか。理由も悪役令嬢っぷりがたたったのではなく、奔放さによるダメ令嬢の烙印を押されたせいだなんて、そんなの。

……すごく私らしすぎて、納得できてしまうのが非常に切ない。

大きな多角形を描くように造られた、開放感溢れるコンサバトリーの前で、ごくりと固唾をのむ。青々と茂る木々の間から何人かの人影が見える。

給仕と護衛を背後に伴い、ティーセットを囲むテーブルには妃殿下ともう一人――レティシア嬢がいたのだった。

「お招きした理由はすでに聞き及びかしら」

妃殿下は、殿下と私の分のお茶が用意され、給仕たちが下がるのを待ってから切り出された。委縮させまいとの配慮だろうか。表情は穏やかで柔らかいが、内容が内容なだけに冷や汗が引かない。

「はい。私の軽率な行動のために、殿下との婚約を見直す必要があるのではと」

「では、ことの次第をお聞かせ願えるかしら。レティシア嬢は、あなたが博覧会で堂々と従弟と手をつなぎ、愛を囁き、身を寄せ合っていたと言われるものですから」

ん、んんっ⁇ずいぶんと誇張されているような……？

「少し、語弊があるように思われます」

「まあ。私の話が間違っているとおっしゃるの？」

手にした扇で口元を隠し、レティシア嬢が不満げに声を上げる。

「語弊とはどの点かしら」

妃殿下の言葉に、博覧会での様子を振り返ってみる。堂々と、していた。手はつないでいたし、愛は……囁かれたようなものか。身を寄せ合うというのが演奏会でのことを指しているならば、そう見えなくもない。おっとこれは詰みましたね。

レヴィから淡い初恋を向けられているのは動かしようのない事実だけれど、憧れに近いものを誇張されてはレヴィの未来の恋人に申し訳が立たない。

「この場にてお話しできないような後ろ暗い気持ちはございません。随伴者と途中ではぐれてしまいまして、従弟とはぐれないようにと手をつなぎました。身を寄せ合っているように思われましたのは、至らずに傷つけてしまった従弟を慰めていただけで、私が囁くとすればそれは家族に向ける愛情ですわ」

「あれだけ露骨に言い寄られておきながら、従弟に対して家族愛だなどとよくも言えたものですわ」

だから、レヴィのアレは一時的なものなんだってば。もう少ししたらあなたに気持ちが向くのだから待っていてよ。

「そう、よくわかりましたわ。他意はなかったということね」

にこりと微笑む妃殿下の声は明るく、ご理解いただけたかと小さく安堵する。

「それではもう一つお聞かせ願える？　リーゼリット嬢はそのお話を、目にした者全員に言って回るおつもりかしら」

笑みは全く変わっていないのに、妃殿下の言葉が鋭く刺さる。

そんなことは不可能だ。今更ながらに取り返しのつかないことをしたのだとわかる。人の目が捉えたものが事実になるのだ。まず弁明する機会など与えられない。

青ざめ押し黙る私を前に、レティシア嬢が扇をぱちりと閉じた。

「仮にも王族に嫁ごうとする者ならば自覚を持った行動をなさるべきでは？　婚姻可能な方と人目の多い場所でそのような行為をされるなど、よほどの考えなしか、殿下とのご婚約に不満があるのではなくて」

今の今まで事の重大さに気づきもしていなかった私には、反駁する気力もない。

妃殿下は頬に手をあて、呆れた風にため息をついた。

「度々このようなことがあるのではギルベルトもたいへんでしょう。少し前にも各方面への根回しに口裏合わせにと、奔走していたばかりでしょう」

「いえ、俺はこれといって何も」

「それと知られぬように立ち回っていても、わかる者にはわかってしまうものよ」

二人が話しているのは、セドリック様を泊めたり泊まったりしたときのことだろうか。

知らなかった……そんなことまでしてくれていたとは。それなのに短期間に三度もとなれば、婚約者の資格なしと烙印を押されても無理はない。

「今婚約破棄すればまだリーゼリット嬢に落ち度はないと思われるでしょうが、このようなことが続けば自ずと漏れましょう。いつまでも人の口には戸が立てられないわ」

殿下は眉根を寄せ、唇を引き結んでいる。婚約破棄はしないと言ってくれていたけれど、殿下も危ぶまざるを得ないだろう。

「どうかしら、当初の予定通りレティシア嬢との婚約を進めては」

ギルベルト殿下へと向けられた妃殿下の言葉に、本日何度目かの目を剝く。

レティシア嬢はギルベルト殿下の婚約者候補だったの？　ファルス殿下ではなく？

異国の皇族を王太子妃にと、この国に呼んだのではないの⁇

「リーゼリット嬢はギルベルト自身が選んだ方ですし、仲も良いようならと見守っていたのだけれど、適性がなければお互いにつらい思いをするだけだわ。かねてから私はレティシア嬢をギルベルトにと推薦しておりましたの。第二王子の役割は外交ですもの。レティシア嬢は幼少期から各国を回られていらっしゃるから異国の文化や言葉に明るく、頼りとなる縁者も多い。きっとギルベルトを支えてくださると、無理を言って婚約者候補という肩書は残したままとしておりましたの」

　怒涛のように浴びる新事実を処理しようとしているのに、頭が思うように働かない。

「まあ、ギルベルト殿下から聞いておりませんでしたの？　私のことはただの候補だからと説明を省かれたのかしら。それとも、あなたも正式な婚約ではなかったということかしら。婚約誓約書も交わしていないのではなくて？」

　交わしていない。そりゃそうだ、利害が一致しただけの、仮の婚約だもの。

　婚約の見直しも何も、今日のこの席はレティシア嬢と殿下との婚約に横入りした私を排除するためのものでは。首を横に振る権利すら与えられているのかどうか。

　ギルベルト殿下に視線を送るも、何も言ってはくれない。俺には頼るな、自分で切り抜けろということだろうか。

「正式な婚約は交わしておらず、あのお茶会から日も浅く、公表と呼べるようなものもしていないのですから問題はないでしょう。正しい形に戻すだけならばお互いに傷は浅い方が良いわ。あなたもそう思いますでしょう、リーゼリット嬢？」

妃殿下は、国王陛下や殿下自身の思いとは裏腹に、本来の第二王子として過ごすための手立てを講じてくれているの？　それなら、お任せした方が殿下は幸せなのだろうか。

私と婚約する殿下側のメリットは、たしか縁談話を避けられることだっけ。

異国の皇族が嫁げば自ずと殿下の評判は上がってしまって、王家に叛意を持つ者を見つけにくくなると考えたのかな。殿下の目的のためには婚約を継続した方がいいの？

ファルス殿下の言う『双璧を築く』には、レティシア嬢が一番いいのかな？

私では殿下のためになるどころか、むしろ殿下の負担になることだらけなの？

レティシア嬢が博覧会で私に厳しかったのは私が割り込んだから？

レティシア嬢は殿下のことを好きなのかな、それともプライドの問題？

頭がぐちゃぐちゃだ。破棄はしたくないと突っぱねていいのかわからない。

レティシア嬢の気持ちは。殿下は。何が正解なのか、答えが出せない。

一人では首を横にも縦にも振れず、謁見の間のときのように後押しがほしくて、殿下の袖をつかむ。せめて、私とともにいたいと一言もらえたら。……でも、今の話のあとでそう尋ねる勇気がない。

「……私が傍にいることで、殿下を苦しめていましたか」

殿下は硬い表情のまま目を伏せただけで、その問いへの応えは得られなかった。

五章◆気持ちに整理を

「リーゼリット様、少しお休みされては。珍しいお茶菓子が入りましたの」

「それとも、気晴らしに外出なさいますか。先日、剣術にご興味がとおっしゃっていらしたでしょう。私でよければお相手いたします」

「ベルリッツさんにロープワークの続きをお願いしてまいりましょうか」

私を気遣い、ナキアとカイルが声をかけてくれる。

普段の私ならおいしいものを食べるか、ロマンスグレーな執事長と話をするか、体を動かせばたちまち回復するのだけれど、今はどの気分にもなれない。

「ごめんなさい。またにするわ」

優しい侍従に心配をかけているとわかっていて、取り繕うことすらできない。これ以上気を遣わせてしまうのが申し訳なくなり二人を退室させた。

長椅子にくたりと身を預け、手の甲を顔に乗せる。腕越しに見える机の上にはやるべきことが山積みなのに、頭が働かなくてさっきからちっとも進まない。

自分でもこんなに身が入らなくなるなんて思ってもみなかったよ。

今朝、殿下との婚約を破棄する通知が届いた。『誓約書を交わしてはいないため、貴殿の経歴には一つの傷もつかない。婚約破棄後も貴殿の王城への出入りを許可する』という主旨の手紙とともに。

王城の出入りの許可は、私が破棄を受け入れたあと、殿下が妃殿下に提示した条件だ。私がトーナメントに向けて騎士を探したり救護所に赴いたりしていたから、きっと夢のために必要なのだとかけあってくれたのだろう。

せっかく許可してもらっても、どんな顔で向かえばいいのか。

両親は書面を見るなり言葉を失っていたようだが、私のことだから予想範囲内だったのだろう。お叱りも嘆きの言葉もなかった。ただ、『一度、領地に戻るか』とだけ。

そもそも殿下が私と婚約したきっかけはファルス殿下を救ったことに恩を感じたからで、望んで私と過ごしていたわけではないのだ。私を知りたくて婚約したとも話していたが、迷惑ばかりかけてしまったし、奔放さにあれだけ振り回されれば愛想もつく。

全部、私の一方的な押し付けで、殿下は迷惑をこうむっていたにすぎないのに、私が殿下を幸せにするんだなんて息巻いたりして。

自分が恥ずかしくなって、長椅子のクッションに顔をうずめて唸った。

「姉さま、少しよろしいですか」

控えめなノックの音に、クッションから顔を上げる。

破棄されたのは私がこれまで蒔いた種の結果だ。レヴィが婚約破棄について知っているかはわからないが、この件を自分のせいだと気に病ませてしまうのは避けたい。

慌てて身を起こし入室を促すと、扉がそろりと開いてレヴィが硬い表情を見せた。

「ご気分が優れずにいらっしゃると、お聞きしまして」

これは、話を聞いたのだろうな。いつもなら傍まで寄ってきて微笑んでくれるのに、レヴィは扉の傍で固く拳を握ったまま視線すら合わせない。

「心配をかけてごめんなさい。ただ未熟さを自省していただけなの」

「姉さまに落ち度は一つもありません。自省する必要もです。姉さまが日頃どのように過ごされようと、遅かれ早かれあの王子は婚約破棄する予定でしたから」

慰めだろうけれど、さすがにそれは私に甘すぎだよ。傍まで寄って『ありがとうレヴィ』と苦笑で応じると、いなされていると思われたのか、レヴィは語気を強めた。

「慰めなどではありません。本当に、早々に縁が切れて正解でした。あのままでは早晩、リゼ姉さまは王太子妃にさせられていました」

「えっ……どういうこと？　もしやファルス殿下の身に何か……」

あのまま私が王太子妃になるとすれば、ギルベルト殿下が王太子になるということだ。ファルス殿下は何度も暗殺の憂き目に遭っているという。小説では冒頭で亡くなっていたから、その後に何が起こるかの情報がない。死亡フラグを見逃していただろうか。

「そうではなく。ギルベルト殿下は、リゼ姉さまを自分の兄にあてがうつもりでした」

告げられた内容に言葉を失う。

この手の発想をレヴィに植え付けてしまったことの責任を感じる。

「えっ……と、レヴィ。……私が、その、レヴィにしたことはとても申し訳ないと思っているけれど、殿下まで同じことをしているというのは、さすがに穿ちすぎだわ……」

「信じたくないお気持ちもわかりますが、もう王城には近づかない方がよろしいかと。あの第二王子といて姉さまが望む幸せは万に一つもありえません。姉さまは情の深い方ですから、今はその……少し感傷的になっていると思いますが、時間がたてば姉さまもこれでよかったのだと必ず思われます」

これは、これまでの行動がたたって婚約破棄となった私への、レヴィなりの気遣いだろうか。それとも以前殿下が言っていたように、博覧会でのレヴィの行動は本当に婚約破棄を狙ったもので、今の状況もすべて掌のうちなのか。

あんなに一緒に過ごしたレヴィを疑ってしまうほど、心が弱っているのか。

するりと両手を取られ、温かな掌に包まれる。

「伯爵から今後のことを伺いました。リゼ姉さまが領地に戻られるのでしたら僕もご一緒します。ご懸念のないよう、依頼品は僕が責任を持って各所にお届けしますよ。何もずっと領地でというわけではありません。せめてお心が落ち着かれてから王都に戻られてはいかがでしょう」

一時的に物理的な距離を置くのは、対処法として正しいのだろう。

けれど、保清の効果実証はすでに病院に依頼している段階なのだ。レヴィに作ってもらったゴム手袋を少しでも早く普及させたいし、手指消毒や手術器具の洗浄消毒法を確立させて、誰もが安心して治療を受けられるようになってほしい。

そうして整えた衛生管理の担い手として看護師の技能向上や待遇改善につなげたい。ペニシリンを血管内注入できるように注射や点滴の方法も整えたいし、トーナメントを無事に終え、起こりうる隣国との諍いに備えておきたい。

それにギルベルト殿下のことだって、今の私にも行えることがきっとあるはずだ。傍では叶わなくとも、殿下がちゃんと自分自身を大事にできるように。

たとえ一時的なものであっても、ここで王都を離れるという選択肢は私にはないわ。

「そんなわけにはいかないわ。私から始めたことがどれも道半ばなの」

両手で自分の頬をパンとはる。よし、気合入った！

目の前のレヴィを少し驚かせてしまったようなのが、申し訳ないけれども。

「もうレヴィってば、本当に私のことをよく知っているのだから」

「え、ええ……もちろん」

私を元気づけることに関しては比類ないのではないかしら。生来の癒し手ね。

はあ。まったく、こんないい子を一瞬でも疑った私をはっ倒したいわ！

もう一発いっとく？　と両手を持ち上げて大事なことを思い出す。

「伝えるのが一日遅れになってしまってごめんなさい。ヘネシー卿が止血帯の機構を褒めてくださったの。この先の医療に大きく寄与できるかもしれないわ！　それにね、試作品の形状を一つだけ残せば、他は計測器なしでもいいそうよ。数値以外に適切な圧力だと確認できる術があるからと。計測器なしで、量産できるような簡素化は可能かしら」

「…………でしたら、ねじ式で試作してみますね」

レヴィはぱちぱちと緑の目を瞬かせたのち、ほわりと笑むと、またも想像を遥かに超えた発想でもって私を驚かせてくれたのだった。

翌日、さっそくレヴィが作ってくれたねじ式の試作品を手にヘネシー邸を訪れた。
ナッツクラッカーを改良したというそれは、金属製の本体上部に布を通して固定でき、ねじを回すと本体下部にある半球状のゴムが下がり、圧迫できるというものだ。
形状は全く異なるのに、用途を正しく捉えた逸品である。
ヘネシー卿はお仕事で不在だったため、ヘネシー邸の侍女に使用方法のメモを添えた試作品を渡す。代わりにと受け取った手紙では、『優先度の選別法が医師や医官たちに受け入れられ、有効に機能しそうだ』とのことでホッとする。

トリアージを生かすための救護天幕の配置図案も同封されていて、よく練られた要救護者の動線に、なるほどこうきたか、と頷きながら半地下の研究室へと向かった。

もともと今日は検証結果を伺う予定だったのだが、さすがに殿下はいないよね、とそっと中の様子を窺うと、すでに到着していたエレノア嬢がにこやかに迎えてくださった。

「揃ったね。じゃあ報告を。いろいろ試して、今のところ培地はこれが一番だったよ」

寒天にコーンスティープリカーと肉スープと砂糖を添加したという培地は、えぐいほどのアオカビが育っていた。シャーレの蓋が持ち上がりそうなんですがこれは。

「これほど増えるものなのですね」

エレノア嬢も驚かれたようで、くりくりの目をさらに丸くしている。

「コーンスティープリカーの存在と、寒天に砂糖を足すことを教えてもらえて助かったよ。培養量だけでなく、培地の濁りの問題もこれで消えたから」

さすがエレノア嬢だわ。

思わず小さく拍手すると、エレノア嬢ははにかむような顔を向ける。

「それで、これが医学雑誌に投稿する論文。当初はゼラチン培地のみで出すつもりだったけど、ゼラチン、寒天、コーンフラワーと、この一番結果の良かった培地、計四種を検証する形で書き直したよ。すぐは載らないだろうし、一度目を通しておいてくれる？」

　何束かある論文を手渡され、ぺらりとめくる。

「助かりますわ……！」

　これでゴム手袋、蓋つきの大きなガラス皿、検証ずみの固形培地が揃った。

　衛生環境改善の効果実証、第二弾に取りかかれる。

「ただまあ、完全に無菌状態の培地というわけではないからね。アオカビを継がずに培地のままで二晩置いてみたんだけど、その状態がこれだから」

　ことりと作業台に置かれたシャーレの培地は、コーンスティープリカーの色なのか、透き通った薄茶色をしているが、ところどころにうっすらと白い斑点が入っている。

　完全な無菌培地でなくとも比較対象を提示すればいいから、手指や器具消毒の検証に使う分には問題ないけれど、血管内に注入する薬に他の菌が混じるのは危なかろう。

「使用する器具は加熱していらっしゃるのよね」

「物によって、火で炙ったり煮だしたりしてるよ」

　火炎滅菌や煮沸消毒では、熱に強い菌には向かない。見学した病院でも器具消毒はこの二つだったし、前世で用いられていた高圧蒸気滅菌は一般的ではないのだろう。

「圧力釜を使って、器具や培養液を加熱してみるのはいかがかしら」

　私の言葉に、セドリック様とエレノア嬢は目をしばたたかせている。

「短時間で食材の中まで火を通す、あの圧力釜のことで合っていますか？」

「ええ。短時間で調理が行えるのは、鍋の中を高温に保つことができるためですもの。より高い温度で、広い適応範囲での過熱処理が行えますわ」

屋敷の調理場で見かけたこの国の圧力釜は、コンロの上に載せて使うものではなく、ひと昔前の石油ストーブよりも大きな代物なのだ。あの大きさなら器具も培養液も入れられるだろう。保てる温度が、前世の高圧蒸気滅菌器と同じとは限らないが。

「一案ですし、うまくいくかはわかりませんが……」

「わかった。加圧時間を変えて試してみるよ。また追って報告する」

半端な知識だから、しっかり確かめてもらえて本当に助かるわ。

「あと、こっちは城と修道院から届いたアオカビね。さすがに平皿の数が足りなくて、さっき見せた培地から寒天を省いて試験管内で培養してるよ」

ラベリングされ、ずらりと並んだ試験管には、各種食材から取り出されたアオカビが入っている。試験管内は黒ずんだアオカビがもこもこ詰まっていて、またもなかなかにえぐみのある光景だけれど、同じ培地を使っているのに育ち具合が異なるのがわかる。

「アオカビごとに増え方も違うんだけど、それだけじゃなくて、他の菌の生育を阻害する力にも差があるんだ。見てよこれ」

出てきたシャーレは、今まで見たものと中身が大きく異なっていた。鉛筆で固形培地全体をシャカシャカ擦ったような筋があり、その筋に沿って小さな粒々が生えている。その状態のシャーレ一枚につき三か所ずつ、アオカビが等間隔で培養されていた。

「この小さな粒々は、化膿した傷口から取って培養したブドウ球菌。アオカビの周りだけぽっかりと穴が開いたみたいに粒々が育ってないでしょ。この範囲が大きいほど、他の菌の生育を阻害する力……つまり、薬としての効果が高いという指標になるんだ」

見比べてみると、粒々のない範囲がアオカビの周囲をなぞる程度のものもあれば、他のアオカビスペースに迫るほど広いものもある。こんなに違うのか……。

「送ってもらったアオカビが多くてまだ全部確かめられてはいないけれど、食材の種類や採取場所も含めて検証した方がいい薬になりそうだってことはわかったよ」

エレノア嬢だけでなく、殿下もまた大きな発見に寄与していったわね。伝達講習のとき、俺はお目付け役にすぎないって言っていたけれど、そんなことないじゃない。

殿下がここにいれば喜んだだろうに。セドリック様に褒められたら、どんな顔をしたんだろう。その様子が見られないのは、少しだけ寂しいな。

「……それで？　この発案者から、もうここには来ないって連絡を受けてるんだけど。もうすぐトーナメントだし、鍛錬にかかりきりにでもなってるの」

殿下の話を出したセドリック様を、エレノア嬢が慌てて止めようとする。

ふだん通りに接してくださっていたけれど、エレノア嬢は婚約破棄の件をご存じなのか。

とはいえ、この先何かあって殿下を呼ぶように頼まれても叶えられないのだ。ごまかし続けるわけにもいかないだろう。

「その……婚約破棄、されまして」

「は……？　いつ？」

「通知をいただいたのは昨日……お話があったのは一昨日です」

セドリック様は驚きを隠せないといった風に目を見開いている。そりゃそうだ。婚約破棄されたその足で常と変わらず研究室にやってくるとは誰も思わないよね。

「他にも良い示唆が得られたでしょうに、機会を失うこととなり申し訳ない思いですわ」

「いや、それは問題じゃないでしょ。大丈夫なの、君」

「立ち止まっている猶予はありませんし、いろいろ考えていた方が気も紛れますもの」

エレノア嬢もセドリック様も、どう反応していいか戸惑っている。

「あー……まあ、よかったんじゃない。君には合ってないよ、王室に入るなんて」

「セドリック様もそう思われます？」

あはは、と軽く笑い飛ばすつもりが、うまく笑えていないことは明白だ。

レヴィからもらった元気も、少しついただけで崩れるくらい、まだ脆さがある。

「差し出がましいとは思いますが、無理に笑う必要はございませんわ。誰かに話すだけでも心が軽くなると言いますし、楽になるようでしたらお聞きかせくださいませ」

エレノア嬢に手を取られ、柔らかな手の暖かさがじんわりと心のふちまで染み入る。

「まだ頭がこんがらがっていて、うまく話せるかは……」

逡巡していた私の横をすり抜け、セドリック様は研究室の扉を開けた。

「こんな埃っぽいところじゃない方がいいでしょ。座って話したら」

戸外に置かれたガーデンセットからは、屋敷の側面の庭を望むことができる。促されて腰を下ろしたはいいものの、改まると逆に話しづらく感じて口をつぐんでしまう。

急かすでもなく待っていてくださる二人に申し訳なくなっていると、セドリック様がおもむろに椅子から立ち上がった。

「お茶くらい出すよ」

「え……いえ、おかまいなく」

しかしセドリック様はそのまま屋敷内に取って返すと侍女にお茶の用意をさせ、自身は庭に降りてぷちぷちと何かを摘まんで戻ってきた。摘みたての葉を空のポットにたっぷり詰めてお湯を入れ、少しだけ蒸らしてから三人分のカップに注ぎ入れていく。

まさか生葉を直淹れするとは思わず、まじまじ見ていた私の目の前に淡く色づいたお茶をよこされ、鼻先にレモンの香りがふんわりと漂った。

「レモンバームですね」

気分を落ち着けてくれる効果がありますの、とエレノア嬢がこっそり教えてくださる。

お優しい方ですね、との笑顔とともに。

「話すなら喉も渇くだろうし、泣いて干からびられたら困ると思っただけだよ」

素っ気なさの中に労りの心を感じて、自然と頬がほころぶ。本当にいい友達を持った。

こくりと一口含むと、温かさが広がり、喉が滑らかになるのがわかる。

二人の暖かさに触れ、まだ頭も混乱したままだけれど、私は重かった口を開いた。

「実は殿下との婚約は正式なものではなく、お互いの利害が一致しただけの仮初のものだったのです。私はファルス殿下の命を救ったことを伏せ、医療方面でお役に立てる道を模索するために。ギルベルト殿下はおそらくご自身がすべきことを成しうるために、本来の縁談を進めたくなかったからかと。私だからと望まれたものでもなく、私も国の規範となれるとは思えません。ですから婚約破棄について寝耳に水というわけでも……それに妃殿下のご判断はギルベルト殿下を思ってのことでしたし、その婚約者候補の方がずっと殿下のためになることは明白で……。ああ、やはりまとまっておりませんね」

そもそもの事情を知らぬ二人にもわかるようにと話し始めたが、だんだんと自分でも何が言いたいのかわからなくなってきてしまった。

「いいえ、大丈夫です。伝わっておりますわ」

力強く頷くエレノア嬢を見たら、唇が震え、一気にダムが決壊した。伏せた瞼の合間からぼろぼろと涙が零れる。

何だろう、なんでこんなに悲しいのだろう。

人の目が捉えたものが事実になるとの認識も持たず、気を配れなかった自分が情けないのかな。殿下がずっと私の尻拭いをしてくれたことも知らずに、のん気に過ごしていたからかな。何度も殿下が『婚約破棄はしない』と言ってくださったから、婚約破棄には至らないと高をくくっていたのかな。いろいろなことを一緒に乗り越えた戦友のように感じていたのに、レティシア嬢のことを教えてもらえなかったからかな。殿下の抱える事情を知り、放っておけない、今度は私が恩返しをと思っていたのに、それを叶えられるのは私ではないと追いやられたからかな。

でもきっと、それだけじゃなくて――

「殿下と一緒にいると、暖かな気持ちになりましたの。私を理解しようと努め、時に諭し、至らないところも受け止めてくださって……だから私も殿下を喜ばせたかった。殿下にも、一緒にいて楽しいと感じていてほしかったのですわ……」

なぜだか私は、心がじんわりとあったかくなるような、そんな思いを殿下もしてくれている気でいたのだ。利害一致の婚約ではあったけれど、一緒に過ごしているうちに少しは私との未来を望んでくれているのではないかと。

それが違っていたと目の当たりにして、寂しかったのだ。

「私、ギルベルト殿下がリーゼリット様を大事に思われていると感じておりましたわ。お二人とも楽しそうに過ごされていると」

エレノア嬢の優しさに甘えて、こくりと頷く。

「一方で、ずっとギルベルト殿下のお考えが疑問でしたの。ファルス殿下の命の恩人がリーゼリット様と知っていらっしゃるのに、なぜリーゼリット様と婚約なさったのかと」

「たしか、ファルス殿下の命を助けた恩返しがしたい、私のことを知りたいと……」

「ではやはり、茶会の席のときには気づいていらしたのですね。リーゼリット様はご存じないと思いますが、ギルベルト殿下は私がファルス殿下とともに過ごす際は必ずご一緒され、たびたびファルス殿下にあの日の話を振っていらっしゃいましたの」

えっ、なにそのお邪魔虫……。お邪魔レベルが私の比じゃないんだけど。ブラコンも度が過ぎればお兄さんから怒られてしまうのでは。おかげで涙もひっこんだわ。

「今のリーゼリット様のお話を聞いて、腑に落ちましたわ。ギルベルト殿下はファルス殿下のためにリーゼリット様を留め置かれて、ファルス殿下がお気づきになられたら身を引こうとされていらっしゃったのではないかしら」

まさかレヴィと同じ意見を、エレノア嬢からも聞くとは思わなかった。

「……あの、婚約破棄は私のふるまいによるものであることは紛れもない事実でして」

二人の意見が一致しているからと言って、ギルベルト殿下の考えが本当にレヴィやエレノア嬢の言う通りとも思えない。だから私は無罪、なんて言い切る傲慢さはないわ。

「今回の婚約破棄は外力によるものかもしれませんが、破棄を念頭に置いた婚約だったのではと思いますわ。リーゼリット嬢にも思い当たる節はございませんか」

そういえば……照れ隠しやツンデレの亜種だと思っていたけれど、殿下の言動はファルス殿下を勧めるようなものではなかったか。『ファルス殿下への恩返しが叶うとよい』と伝えた際に感じた違和感も。あれが話の内容からくる気まずさではなく、私を欺こうとしていたことによる心苦しさだったとしたら。

レヴィに言われたときはその発想を抱かせてしまったことを悔いるだけだったけれど、思い当たる節がないというわけでも……。

「それならば、ご一緒に過ごされる日々が楽しいだけではないのも道理かと。いつか終わるとの思いを胸に抱えたままなんて、やはりどこか寂しいですもの」

都合の良い解釈だと思いかけて止まる。エレノア嬢こそがその状況なのだ。ファルス殿下に本当の恩人ではないことを早々に切り出されたのも、わかっていただきたいと努力を続けていらっしゃるのも。明るくふるまっていても内心はずっと不安だったのだ。

殿下も同じだったとしたなら……破棄された婚約が戻らなくとも、私と過ごした日々が重荷なだけでなかったとわかれば、少しは私もふっきれるだろうか。

「リーゼリット様、ファルス殿下にすべてお話ししてみませんか。リーゼリット様の望みをファルス殿下にご理解いただければ、私、すべて解決できるような気がいたしますの。その上で、ギルベルト殿下にお気持ちを伝えられてはいかがでしょう」

真実を告げることが本当に突破口になるのだろうか。宙ぶらりんなままではエレノア嬢もつらいとは思うけれど、もしファルス殿下を偽っていたことが知られればエレノア嬢もただではすまないのでは。国王陛下もご存じだし、エレノア嬢自身はファルス殿下にすでに真実を告げているわけだから、ひどいことにはならないのかな。

それでも、わだかまりは残ったりしない？　エレノア嬢とファルス殿下がこれまでと全く同じようにいられる？　エレノア嬢の方までこじれてしまわない？

ぐるぐると考え込んでしまって、また答えが出せない。

「すぐにとは申しませんわ。リーゼリット様のお心が決まりましたらで」

結論を急がせるようなこともしない、本当に気遣いの塊のような方だわ。

「……あれこれ考えすぎずに、いつもみたいに力押しで言ってみたらなんとかなるんじゃないの。気持ちを伝えることすら、難しいことだってあるんだし」

意外にも、セドリック様は慰めるだけでなく発破までかけてくれているらしい。

セドリック様が伏し目がちに見つめるカップには、まだ中身がなみなみと残っている。その ハーブティーの液面に、ほんの少し目元が赤くなった私が映る。

「そういえば、本当に泣いてしまいましたね。セドリック様の言うとおりに」

まだ結論は出せていないけれど、胸のうちを吐き出せたおかげか、すっきりとしている。

「心と頭をほぐすきっかけをくださってありがとうございます。お二人に打ち明けることができて少し楽になりましたわ」

照れくさい気持ちで笑めば、エレノア嬢もホッとしたような顔を見せた。エレノア嬢はどこか気まずそうにセドリック様を一度だけ見やり、私の方に向き直る。

「私、リーゼリット様のご様子次第でお誘いするかを決めようと思っておりましたの。先日お話ししておりました、修道院の見学の許可が出まして。いかがされます？」

「もちろん伺いますわ。セドリック様も気晴らしにいかがですか？」

「遠慮しておく。圧力釜も早めに試したいし、集めてもらったアオカビの検証もまだ途中だから。こっちの経過報告はもうないし、今から行って来たら」

セドリック様はひらひらと手をかざし、研究室へと足を向ける。その背を目で追うも、私はまじめだなあと思うばかりで、その心のうちには何一つ気づけないのだった。

ヘネシー邸を辞したのち、私はカイルを伴い、修道院の敷地内を馬車で進んでいた。先導するのは、エレノア嬢の家の馬車だ。

記憶の中にぼんやりと残る、領地で見かけた修道院とは規模が違う。

車窓から見える景色はまるで一つの村を彷彿とさせる。その印象の通り、修道院とは教会に属し、神に仕える修道士や修道女たちの生活の場なのだ。広大な敷地内には菜園に果樹園、薬草園を持ち、養鶏に養蜂、お酒の醸造も行っているという。そして、孤児の保護に、病院の受け皿をも担う場所。

馬車が停まったのは、畑のように広がる薬草園の傍にぽつんと立つ石造りの建物だ。

「自由に散策してよいと許可はいただいておりますから、遠慮なさらないで」

まずは貯蔵庫からと案内された場所は、色付きの四角瓶や平たい丸缶がずらりと並ぶ。救護所でヘネシー卿に見せていただいたものもあり、その場でカルネドバルに書き留めてはいたけれど、やはり今実物を見ても効能がぱっと浮かぶものはない。

「毎年トーナメント用に卸されるのはこのあたりですわ。それぞれの名前と効能、使用法をまとめました。ひと種類ずつ詰めた木箱を用意し、すでに支払いもすんでおりますので、お帰りの際には忘れずご持参くださいませ」

いつの間に説明書きまで用意してくださっていたのか。

瓶や缶の外見の絵や、臭いや色という見分け方に、湿布薬の浸し方といった具体的な使用法まで記述されていて、救護天幕で動けるようにとの気配りが窺える。

「これほど細やかなものを。ありがとうございます、とても嬉しいですわ。ですが、料金はこちらでお支払いを……ああ、贈り物をした方がよいのかしら」

「このくらいさせてくださいませ。ファルス殿下へ、私に悩みを打ち明けるようお声かけくださったでしょう？　それに、ご事情がおありの中、騎士団への伝達側に回ってくださって。何かお礼をと思っておりましたの」

エレノア嬢……っ！　止まった涙がまた溢れそうだ。エレノア嬢は目を潤ませる私の手を取り、朗らかな笑顔を見せてくれる。

「次は作業場をご案内しますわ。製品をただ眺めるよりも印象に残りやすいですもの」

ここが作業場だと言って紹介された場所は、棚には大きな寸胴鍋やハーブの瓶詰が並び、乾燥したハーブの束がたくさん吊るされていた。何人かの修道女がまな板の上で何かを刻んだり、鍋で煮込んだりと黙々と手を動かしている。作業場というよりも大きな厨房のようだ。違うとすれば、複雑に混じり合ったハーブの濃い臭いくらいだろうか。

エレノア嬢とその侍女は、修道女たちとにこやかに挨拶を交わす。

「一角をお借りして、ここしばらくはファルス殿下の胸元に使う湿布薬を作っておりましたの。打ち身や骨折に効くお薬で、トーナメントにも卸しています。難しいものでもございませんから、一緒に作ってみませんか？」

エレノア嬢曰く、その湿布薬はコンフリーという薬草の根を刻み、そこへ植物油を加えて大きな寸胴鍋でぐらぐらと湯煎にかけるのだという。

見よう見まねで私も包丁を動かし、乾燥して真っ黒になった根を刻む。作業の合間に、エレノア嬢が他の修道女の作っているものを説明してくださり、あの薬の元はこんな形か、この臭いがそれかと、視覚と嗅覚で記憶に刻み込んでいった。

「このまま二時間ほど湯煎してから沪せば完成ですわ」

瓶の消毒も同時に行うらしく、エレノア嬢は大ぶりの瓶を別の湯煎用の鍋にかけ始めた。大きなかまどにはすでに鍋がいくつも火にかけられており、鍋が入るたびにかまど前が人で渋滞していく。

「エレノア様、火の番をお願いしても？」

「もちろんですわ」

修道女たちは作業を並行しているようで、メモとともに火の番を託しては、作業台に戻っていく。エレノア嬢はおつきの侍女とともに砂時計を駆使し、こっちの煮込み時間は一時間、あっちは三十分と、いくつもの鍋を手際よく処理しているようだ。鍋を時折かき混ぜ、吹き零れないよう火の調整もしつつ、鍋の中身の説明までしてくださる。

かじった程度なんて本当に謙遜だわ。とんでもない量の知識と経験じゃないか。

「手慣れていらっしゃいますのね。こちらに通われてもう長いのでしょうか？」

「五年ほど前でしょうか。薬の正しい知識を得たくて通い始めましたの。……その頃、生まれたばかりの妹を夜泣き用の薬で亡くしまして。市販されている薬でしたし、よくあることだったそうで、第二第三の妹がこれ以上増えないようにと。こちらで薬の知識を教わる傍ら、夜泣き用の薬の年齢や体格ごとの死亡例を取りまとめておりますの」

エレノア嬢がこれほど深く修道院に関わるに至った経緯がそんなに悲しいものだとは。

「志すきっかけをくださったのは、実はファルス殿下ですの。塞ぎ込んでいた私を両親がとある茶会に連れ出しまして、その茶会にいらっしゃっていたファルス殿下と少しだけお話を。『悲しむばかりでは妹も喜ばない。その思いを原動力に代えてみるのはどうか』と道をお示しくださいましたの。『僕はその知識をもとに基準を設け制度を直し、皆に広め、正しい運用が行われるよう整えると誓う』と。この方ならきっと成し遂げてくださると、背中を押される思いでしたわ」

ファルス殿下、めちゃめちゃにメインヒーローじゃないか！

ヒロインの背を押し、弟を救うために尽力しって、原作小説はなんて方を冒頭で死なせているんだ……。

「ですから、王城での茶会の席でファルス殿下に『私を捜していた』と言っていただけて本当に嬉しくて。五年も前のことを覚えていらしたのかと。少し考えれば馬車の一件だとわかるようなものですのに、浮かれてしまって恥ずかしい勘違いをしてしまいました。殿下はもうお忘れでしょうし、私も何かを成しえたわけではありませんから、妹にも殿下にも、経過報告どころかお礼すらお伝えできておりませんわ」

湯気のたつ鍋を見つめる横顔は、口元に笑みを残しているが寂しげだ。

令嬢の身でこれだけの知見を得るには並々ならぬ努力をされたのだろう。薬による死亡例をまとめることのたいへんさも、病院でデータを集めているからこそよくわかる。

「私はたくさんお礼をお伝えしたいほどですわ。エレノア様がこちらに通われていなければ、これほど実用的な説明書きを手にすることは叶わなかったでしょう。ゴムの臭いは今も鼻がもげるほどでしたし、培地も扱いづらいゼラチンのままでしたもの」

ふふ、と二人で笑顔を見せ合っていると、修道女に声をかけられた。

「エレノア様、助かりましたわ。そろそろ講義のお時間でしょう、交代します」

「もうそんな時間？　リーゼリット様、私少し席を外しますが、どうなさいます？」

「エレノア様が講義をしていらっしゃるの？　すばらしいですわ、ぜひ拝聴を」

「いいえ。私ではなく、幼馴染が最近になって始めましたの。さきほど、死亡例を取りまとめているとお話ししましたでしょう？　その幼馴染が数字に強い方で、たびたび相談に乗っていただいておりますの」

講堂までは少し歩くとのことで、作業を侍女に託し、カイルを伴いさっそく向かう。

「まあ、協力者がいらっしゃるのですね」

「はい。幼馴染は進んで人前に出る方ではありませんでしたが、恋をしたとのことで、近頃は人が変わったように生き生きしていらっしゃって。この間も、想い人の前で落ち着く方法をと相談されまして、気分を和らげる効果のあるお花を紹介しました」

……なんだろう、こう、知っている人の顔がぼやぼやっと浮かぶような。

相槌を打ちつつ、ちらりと背後を見やれば、カイルも同じ気持ちだったようだ。

カモミールに埋もれた教師の姿を思い出し、いやまさかね、と打ち消していたのだが。

「まあ、想い人はリーゼリット様でしたのね」

エレノア嬢が驚いたように目を丸くされる、その理由は一つ。講堂の壇上に上がった幼馴染が、私を見るなり真っ赤な顔で固まってしまったからだ。

私の勘は見事に当たり、エレノア嬢の幼馴染とはレスター先生のことだったらしい。

「ひと月ほど前から、統計学を教わっておりますの」

一時固まっていた先生が立て直しにかかる。広い講堂内に先生の儚く小さな声が響く。ところどころ聞き取りにくい箇所はあれど、相手に伝えようという意思が滲む。

講義内容は前世でいうところの人口動態で、私が以前授業でお伝えしたランダムサンプリングを用いて、王都内の出生率と死亡率を年次別にまとめあげたものだ。

飛び交う質問にも隙なく対応しており、挨拶でも目の合わなかった授業初日の面影は感じられない。前回の授業で先生から声を聞き取りやすくする訓練をしていると聞いていたけれど、ここで、こんな風に行っていたのか。

講義終了後に先生の研究室まで三人で挨拶に行くと、先生も思わぬ場での再会や私とエレノア嬢の関係性に目を丸くしていた。講堂では控えた質問を投げかけると、先生はすぐに答えをくれる。私は病院単位でも四苦八苦していたのに、都市のデータなんてどうやって得るんだろうと疑問だったが、どうやら、教会では出生・婚姻・死亡・住所・死因といった情報を得られるらしい。洗礼を受けた教会以外でミサに参加する場合に登録が必要という理由で、人口の流入もわかるのだとか。一神教の強みだな。

「けれど、なぜ死因まで把握するのかしら」

「疫病で亡くなった者の墓が荒らされることを避けるためだね。フェンスで囲い、その上に大石を載せるんだ。墓荒らしが疫病を広めないように」

なるほど、すべては理にかなった情報というわけだ。全員火葬したらいいのにとは思うが、火葬をしないのは宗教的なものか。異端だとか言われそうで怖くて聞けない。

「修道院では、病院にはかからずお抱えの医者に任せるような貴族の情報も把握できるんだ。身分の別なく情報を得られることが利点だけど、すべての教区で情報を得ることは難しくて手をこまねいていたから。リーゼリット嬢のランダムサンプリングのおかげで、王都全体を捉えることができるようになったんだよ」

「さっそくご活用いただけていて嬉しく思いましたわ。都市の死亡率ともなれば、規模も大きく情報量も膨大ですものね」

「まあ、あの方法はリーゼリット様のご考案でしたの？　レスター様から教わりまして、私の行っている死亡例のとりまとめに活用させていただいておりますの。本当に画期的で、これまで諦めていたことを進めることができましたわ」

なんと。エレノア嬢にも役立っていたなんて。

「リーゼリット嬢は、他にもたくさん考案してくださっているんだ」

二人仲良く、ものすごくキラキラした目で見てくださるのだけれど、そんな大それたものではないんだ。前世の統計学では基本中の基本なんだ……。

「レスター様の想い人がリーゼリット様で、私、納得しましたわ」

「先生は、私の話す内容を気に入ってくださっただけですわ」

それこそ、統計の前世知識がなければ見向きもされなかったろう。

「違うよ、最初はリーゼリット嬢と統計学について話すだけで楽しくて、一緒に暮らせたらと思ったけれど、今は統計の話だけではなくて……リーゼリット嬢のいろんな顔を見ていたいんだ。でも、怖がらせたり困らせたいわけでもないから、どんな方法がいいかわからなくて、いろいろ試して」

……そうか。先生のあの不思議な行動の数々は、模索を続けた結果だったのか。

先生が自身の胸元をぎゅうと握る。その目は私から逸れることはない。

「僕には数字だけだった。目の前の数字だけを見て、方程式を組み立てる方がずっと有意義で、ずっと心穏やかでいられたから。一生、それでいいと思ってた。でも違った。君と出会って、心を動かされることがこんなに嬉しいものだと知ったんだ。こんなにも世界は鮮やかで、まぶしくて、愛おしいものだって。これまで他人と関わろうとしてこなかったからまだうまくはできないけれど、初めて変わりたいと思ったんだ。僕は、君が誇れる人になりたい」

　まっすぐな思いが伝わってくる。私と関わって良い方向に変わりつつあり、今もなお努力を重ねているところなのだと全身で示されて。打ちひしがれることや自己嫌悪に陥ることが続いていた分、なおのこと心に響く。

「……先生はもう何度も、本当に何度も、私を救っておりますわ。一人で焦って落ち込んでいたときも、視野が狭くなっていたときも、導いてくださったことを忘れておりません。今も、その身で道を示されて。これまで以上だなんて、頼もしくて困ってしまいます」

　涙の滲む顔でなんとか笑顔を作ると、先生は花がほころぶような微笑で応えてくれる。

「私も、先生の教え子として誇らしくありたいと思います」

　そのためにまずは、ぐちゃぐちゃに絡まってしまった糸をほどこう。

「エレノア様。私、ファルス殿下に打ち明けますわ。ギルベルト殿下ともお話を」

　自分でも驚くくらいに臆病になっていたけれど、私には頼もしい仲間がいる。道を示してくれる先生も。

「うまく話せなかったときは、またお話を聞いてくださいませ」

糸をほどいて、思いを伝えよう。婚約破棄のときはほとんど話せなかったから。

引きずってばかりいないで、前を向かなければ。殿下にも誇らしくいられるように。

作業場に戻った私たちは湿布薬を仕上げ、トーナメントで使用される薬の詰まった木箱をいただいて帰路に就くことにした。馬車に乗り込む前に、修道院の敷地内の屋台に目が留まる。心配をかけてしまったし、家の者に何か買って帰ろう。

「少しだけ屋台に立ち寄ってもよろしいかしら」

「もちろんですわ」

色とりどりの布がかけられた架台の上には、甘い香りでいっぱいのお菓子が並ぶ。

以前殿下と巡った市とはまた違う品揃えだ。見知らぬお菓子ばかりにきょろきょろしていると、あるものを見つけて目が留まる。

カヌレだ！　前世でよく知る、しかも好物だった釣鐘型のお菓子に目が輝く。

旧友に出会えたかのような懐かしさと喜びに震えていると、カイルが顔をほころばせる気配を感じて振り返った。

「失礼を。リーゼリット様がお元気になられたことが嬉しいのです」

食べ物を前に興奮している様は、実に私らしいというわけね。

「心配をかけたお詫びに、お土産を買おうと思っているの。リクエストを受けつけるわ」

「お気持ちだけで」

　控えめなのはよいことだが、たまには甘えてもよいと思う。

「では私が決めてしまうわよ？」

　他の品はどんな味なのかさっぱりだ。甘い匂いにつられて揚げ菓子を選ぶ。

「こちらのレチェフリータを四つ包んでくださる？　カヌレも、……その、多めに」

　全部ください、はさすがにダメかと堪えた私を、エレノア嬢がにこにこと見守る。

「リーゼリット様はカスタード菓子がお好きですのね。どちらもカスタードをもとにした異国発祥のお菓子ですわ」

「そうでしたの。同じ味でしたら別のものに代えようかしら」

「それぞれ違った風味が楽しめますので、よろしいかと。特にこのレチェフリータは、敵国由来のお菓子ですから、修道院以外ではどこも取り扱っておりませんの」

　ほう、それは買いだな。我ながらいいチョイスだわ。

「敵国のレシピも得られるなんて、開かれた場所なのですね」

「ええ。修道院を通しさえすれば、おいしいものに国境はございません。治療もそう。国を超え、時を超え、よいものは受け継がれますわ。私はそれらが正しく用いられるよう、よりよい形で次の世代に託したいと思っておりますの」

そう語るエレノア嬢はとても力強く、まぶしくもある。本当に、謙遜がすぎるよ。

ファルス殿下に打ち明けても、きっとエレノア嬢を手放すことはないだろう。

わだかまりが残るのではなんて杞憂だったわと、ことさらに頼もしく思うのだった。

「ギルベルト、これはいったいどういうことだ」

部屋に置いたままのレティシア嬢との婚約誓約書を見るなり、兄は表情を曇らせた。

「リーゼリット嬢をあれほど大事にしていたろう」

「俺がリーゼリット嬢を守っておりましたのは、すべて兄様と国のためを思ってのものです。もともと婚約は破棄する予定でした。エレノア嬢には自然な形で身を引いていただき、兄様の記憶が戻るのを待つつもりでおりましたが、それが叶わなかっただけのこと」

「何を言って……」

困惑に眉をひそめる兄の前に、赤黒い血に染まった一枚のハンカチを取り出す。テーブルの上に滑らせたそれは、ロータス家の紋章の刺繍がくっきりと浮かび上がっていた。

「これは兄様の額から流れる血を止める際に使用されたものです。馬車に轢かれ、意識のない兄様の喉を開く役と止血役を俺が請け負い、そのまま俺が保管しておりました」

みなまで言わずとも兄には伝わったろう。驚愕に開かれる目を前に、決定打を出す。

「兄様の命を救った人物は、リーゼリット嬢です」

言葉をなくす兄へと、俺の持ち得るすべてを明かす。婚約破棄した以上、ここでしくじるわけにはいかない。

「俺はこれまで、兄様の代わりに王太子妃としてふさわしいか見極めてまいりました。リーゼリット嬢は機転も利き、これまでにない着眼点を持っています。陛下にも物おじせず自身の見解を述べるなど、度胸と行動力もあります。クレイヴの降格が取り消されたのも、リーゼリット嬢が馬車の一件での王命と知って陛下に嘆願したためです。降格取り消しはまだ仮の措置ではありますが、彼女がいなければその望みすらありませんでした。自覚のない行動が玉に瑕でしたが、婚約破棄の一件で人の目を顧みるという視点を得ております。これからは令嬢としてのふるまいに気を配るようになるでしょう。ですから……」

「ギルベルト。リーゼリット嬢はこのことを知っているのか」

「いえ、知れば逃げ出したでしょうから。王太子妃が務まるとは思えないと言って。しかし俺が見る限り問題となるのはふるまいだけです。その対策となる術は伝えました」

額に手をあて押し黙る兄へと、頭を下げる。

お願いだ、兄様。正しい判断を。あいつにふさわしい場所を与えてやってくれ。

「気球でも率先して動いていたのをご覧になられたはず。エレノア嬢ではなく、リーゼリット嬢こそ兄の治世に必要な人物です。どうか、王太子妃としてお迎えください」

翌日、鍛錬場からほど近い建物の一室で、ファルス殿下とギルベルト殿下、エレノア嬢、私の四人がテーブルを囲んでいた。鍛錬前に話したいことがあると、ファルス殿下の名で呼び出されたのだ。覚悟を決めたとはいえ、改まって設けられた場に緊張が走る。

「この場に来ていただいたのはほかでもない、馬車の一件についてだ」

ファルス殿下が神妙な顔で取り出したのは、黒ずんだ血で蓮が浮き上がったハンカチ。

このタイミングで出てくるということは、レヴィとエレノア嬢の言う通りだったのだろう。以前なら動揺していただろうけれど、おかげで今は落ち着いている。

「僕を助けたのはリーゼリット嬢だとギルベルトから聞いてね。また、その一件で生涯降格となるはずだったクレイヴにも活路を与えたと。これは真実かな？」

「……どちらも真実です。今まで偽っておりまして申し訳ございませんでした」

深々と首を垂れる。認めてからが正念場だ。絶対にこじらせない。

「エレノア様とギルベルト殿下に、内密にと頼んだのは私です。責はすべて私が」

「お待ちください、ご依頼されましたのは後になってからですわ。ファルス殿下が私をお選びになられた理由に気づきながら、すぐに訂正せずにおいたのは私です」

エレノア嬢の言葉をファルス殿下が掌をかざして制止する。こじれないで……！

「リーゼリット嬢が内密にと頼んだ理由から聞こう」

「王太子妃となることを、望まなかったからですわ」

「ふむ。誤解があるようだけれど、僕は馬車の一件のみで結婚相手を決めるつもりはなかったよ。茶会は直接お礼を伝えるために開いたものだ」

えっ、そうなの？　エレノア嬢と過ごすうちにこの人だと決めたってことなのか。すごい早とちりをしていたことに今更ながらに気づく。そりゃそうだよね、命の恩人だからという理由で一国の主の妻を決めていいはずがない。

「茶会で私が誤解を招く発言をしなければ、お目に留まることもございませんでしたわ」

「馬車の件は勘違いだったけれど、救われたのは二度目だと言ったろう？」

「馬車での一件も、お胸の痛みを取り除かれたことも、どちらも私ではございません」

エレノア嬢がきゅうと手を握る。何かフォローをと私が口を開いたタイミングで、その固くこわばった手をほぐすかのように、ファルス殿下の掌が包み込んだ。

「もう一つは間違いなく君だよ。妹のために立ち上がろうとした小さな泣き虫さん」

どこかで聞いたことのある内容に、エレノア嬢も私も目をしばたたかせる。

「君はあの日、制定されている薬事法が守られずに、犠牲となった者が大勢いると話してくれたね。報告に頼るのではなく自分の目で確かめることの大切さと、すでに広まっている認識を覆すことの難しさを君から教わり、ギルベルトを塔から出す決意をしたんだよ。あの日からずっと修道院で薬を学んでいることは知っていたから、茶会で君が名乗り出たときに、今度はその知見で命を救われたのだと思い込んでしまったんだ。慎み深い君のことだから、あまり大事にされたくないだけなのだろうと。つらい思いをさせたね」

　まさか、五年前の出会いがお互いの背を押すエピソードだったなんて。

　尊いものを見た心地でいると、エレノア嬢が瞼を震わせ、頬を涙が伝った。

「申し訳ありません。覚えていてくださったのだと、知っていてくださったのだと、驚いてしまって。……実のところ不安だったのですわ。はっきりと真実を申し上げなかったことを軽蔑されてしまうのでは、家にもお咎めがあるのではと」

「不安にさせて申し訳なかった。それに僕は、君に何度もひどいことを。君の言葉を信じず、人前で恩人だと吹聴してしまった。知れば知るほど、君のすばらしさを皆に言って回りたかったんだ。僕にはエレノア嬢をおいて他に誰もいないよ」

　本当に、なんて杞憂だったんだろう。こじれることなんて一つもなかった。

　絡まった糸がほどかれ正しい位置に戻り、安堵する中に、割り入る硬い声が一つ。

「俺は、納得できません。リーゼリット嬢と過ごす機会さえあればお心も変わります」

「ギルベルト。僕もリーゼリット嬢も望んでいないのだから、どうにかなるものではないよ。それに僕は、想い合う者同士の仲を裂く趣味もない」

「他の令息への牽制のため、そう見せていただけです。誓って、俺は、リーゼリット嬢に特別な意図を持って触れたことはありません。お願いです。一時だけでいい」

ファルス殿下に食い下がろうとするギルベルト殿下をぼんやりと見つめる。

殿下が私のためにといろいろしてくださったのは、全部単なる義務感だったんだな。それなら私との日々が楽しいはずもない。

良かれと思ってレヴィにレティシア嬢をあてがおうとした私に、殿下を責める筋合いはない。恋愛音痴の私が、女性慣れしていない殿下の反応を見誤ってしまっただけの話だ。

ただ、それだけの。

「君が塔から出るきっかけをくれたのはエレノア嬢だと言ったろう。それともギルベルトは、父の用意した優しい檻のままがよかったか」

ギルベルト殿下に問いかけるファルス殿下の目が、ほんの少しだけ揺れたのがわかる。

秘匿し隔離するための塔を優しい檻と称したファルス殿下はきっと、自問自答を繰り返していたのだろう。三年もの間、ぶしつけな目や非情な声に晒されるだけの弟を見て。

そしてきっと、ギルベルト殿下も兄の葛藤に気づいている。

「………いえ。決して、それだけは」

そう思わせることすらあってはならないという意思が滲み、兄は一度だけ目を伏せた。

「ではこの話は終わりだ。リーゼリット嬢には巻き込んで本当に申し訳ないことをしたね。そして命を救ってくれたことに感謝を。君も、思うところがあれば聞かせてほしい」

急に話がふられて少しだけ狼狽えてしまったが、伝える相手も言葉も決まっている。

「では、ギルベルト殿下に」

こちらを向いた殿下は、罵倒でも何でも受け入れるとでもいうように唇を引き結ぶ。

「殿下が私を理解しようと努め、時に諭し、至らないところも受け止めてくださったことをとても嬉しく思っておりました。これからも、この国の医療のため励んでまいりますわ。傍で殿下をお支えできないことが心残りですが、お幸せな姿を願っております」

婚約は破棄されている。私への想いもなかった。楽しいと思えなかったのは、望まぬ役目だったから。それなら、あと腐れのないように別の道を行くだけだ。

利害一致の婚約ではあったけれど、私だけがいつのまにか惹かれていたとか、少しは私との未来を望んでくれているのかもなんて思っていたことは知らせなくていい。

「短い間ではありましたが、今まで、本当にありがとうございました」

こんな風に向かい合って言葉を交わすのはこれが最後になるのかな。私をじっと見やるギルベルト殿下を瞳に焼きつけ、ゆっくりと頭を下げた。

「本当によろしいのですか？　もっと別のお気持ちを伝えたかったのでは……」

ギルベルト殿下は鍛錬のためにと先に出ていき、私はお二人と連れ立って歩いていた。

「十分ですわ。婚約破棄の際はほとんど話せませんでしたから。私はこれでお暇いたします。ファルス殿下、このたびは一席を設けていただき感謝を……」

東屋あたりの岐路にさしかかり、謝辞を述べていると、金属の重なる音が迫ってきた。

「お話し中に失礼いたします、エレノア嬢！　いつもの品をお借りできますか」

駆け寄る従者の背には、上半身が水で濡れそぼり、くたりと身を預ける騎士が見える。

どうやらクレイヴ様が鍛錬中に吹っ飛ばされて気を失ったらしい。

エレノア嬢は小さなペンダントのようなものを取り出し、ぱかりと蓋を開けた。

帰る気でいた私は、とたんに漂うつんとした刺激臭に、思わず一歩後ずさってしまう。

「そ、……れは、何ですの？」

繊細な彫金が施された可愛らしい見た目に反して、醸し出す異臭がミスマッチだ。

ヒロインたるエレノア嬢が、なんてものを持っているの。

「ヴィネグレットです。外で気を失ってしまったときのために、持たされておりますの」

その名の通りに酢と、アンモニアらしきものが染み込ませてあるのだろう。息を止めて覗き込むと、透かし彫りによる二重構造の奥に小さな布切れが収まっていた。

エレノア嬢曰く、本来は倒れたご令嬢への気付け薬として用いられるもので、鍛錬中に気を失った騎士たちにも使用しているのだとか。この間見学したときは伸びている騎士の顔に水をかけていたから、水でダメなら気付け薬という流れなのね。

鼻先にかざされたクレイヴ様がわずかに顔をしかめるのを見て、もしやと思う。

「エレノア様。……あの日も、その、そちらを使うご予定でした？」

周囲に配慮した歯切れの悪い問いかけだったが、エレノア嬢は意図をしっかり汲んでくれたようだ。少しだけ苦い顔で頷かれる。

「……はい。リーゼリット様がいらっしゃらなければ、用いておりましたわ」

やはり。主人公が駆けつけなかった原作小説で、ファルス殿下が助からなかったのはこのためだ。呼吸が止まっていたら、臭いをかがせることはできないんだもの。

「あまり効果はないようですわ」

クレイヴ様は手で払おうとはしても、動作は緩慢で目を開ける様子がない。

「ひとまずここに寝かせておこうか。気がつけば起き上がるだろう」

ファルス殿下の言葉を受け、従者はクレイヴ様を東屋のベンチに横たえると、すぐに鍛錬場へ戻っていった。エレノア嬢もこれ以上何か対処するつもりはないようで、ファルス殿下も鍛錬に入ろうとされる。私も帰る予定ではあったけれど……。

クレイヴ様のぐったりと力ない様子に胸がざわつく。このまま放置して本当にいいのか。トーナメント前のフラグとばかりに、脳損傷を起こしているなんてことは。所見の確認を見れば、こめかみをたらたらと水滴が伝い、枕元にはすでに小さな水たまりができている。クレイヴ様の装（よそお）いは黒鉄の鎧（よろい）に、一角獣（いっかくじゅう）が銀糸（ぎんし）で刺繍された黒い上衣（サーコート）。つまり真っ黒だ。濡れているのは水をかけられたからかと思っていたけど、それだけではない。まだ夏本番ではなくとも、今日は日が射（さ）して暖かい。熱のこもる全身鎧、激しい運動、ろくに取られていない水分。日本の気候と異なるため失念していたが、条件は揃っている。

刺激臭や水をかけただけで鍛錬復帰なんて、根本的な解決にならないどころか下手すれば致命傷（ちめいしょう）だ。適切に対処すれば大事はないが、重症（じゅうしょう）化したら点滴なしには救えない。

「クレイヴ様、目を開けてくださいまし」

頬をぺしぺし叩（たた）きながら声をかける。これでダメなら腕をつねってでもと思っていたが、クレイヴ様はむずかるように目を開けた。

「リーゼ、リット嬢……」

「頭痛や吐き気（け）は。手足にしびれや、つるような症状（しょうじょう）はありますか」

「少し気持ちが悪く……ふとものあたりが、ひくつきます」

クレイヴ様は目が回りでもするのか、すぐに瞼は下りてしまったが、問いかけにかすれた声が返ってくる。

ううう、やはりか。意識はあるし受け答えも正常だけど、熱けいれんの症状に加えて、このぐったりとした様子ではおそらく熱疲労（ひろう）も伴っている。熱中症の重症度分類のⅠからⅢ度のうち、中等度のⅡ度といったところか。Ⅱ度といえば直ちに対処を要し、水分摂取（せっしゅ）

が自力でできるかどうかが分水嶺になる。今はまだない、点滴治療の。

「クレイヴ様、失礼します」

突然クレイヴ様の上衣を剝ぎ始めた私に、少し離れた位置からファルス殿下のぎょっとした声がかぶさる。

いけない、これではまた繰り返しだわ。人にどう見られるかまで気にしないと。

「鎧をつけたままでは、熱がこもりますわっ！　今すぐ脱がせた方が回復できますのっ！　ですから脱がせております、よろしいですか、これは治療ですっ‼」

口元に手をあてて突然大声で叫び始めた私にファルス殿下は目を剝いていたが、エレノア嬢はありがたいことにすぐに協力を申し出てくれた。

「リーゼリット様、何かお手伝いできることはございますか」

「では、たっぷりの水と氷を」

従者を伴い給水場へと向かうエレノア嬢の頼もしい背中を見送り、今度はクレイヴ様の鎧を剝ぎにかかるが、どんな順番でどこを外せば脱げるのかわからずに手間取っていた。

「……手伝おう。肩から外せばいい」

脇から伸びた腕と覚えのある声にどきりとする。

きっと、さっき上げた私の大声を聞きつけ、まごつく私を見かねて来てくれたのだろう。

ギルベルト殿下は器用にもするすると鎧を外していくのだが、まさかあのあとに来てくれるとは思わず、真横にいる殿下を意識しすぎて固まったまま隣が見られない。

「あ、ありがとうございます……」

ぎこちなくお礼を伝えると、殿下は鎧をあらかた外して戻っていった。まだ手を差し伸べてくれるのかとこみあげてくるものがあるけれど、殿下は誰であろうとも分け隔てなく行動できる人なのだ。看護師が取り落とした器具を拾おうとし、護衛が休めるようにと気を配る。特別なことは何もなく、意識もされず、私もそのうちの一人だっただけだ。

潔く、誇らしくありたいと思うのに、こんなにも簡単に立ち戻ってしまう。みんなどうやって気持ちを整理しているの。

何も動けずにいたが、ファルス殿下とエレノア嬢の窺うような視線を感じて我に返る。

……手を止めるな、今は目の前のことに集中すればいい。私は鎧も中衣も剝いたクレイヴ様の体に勢いよく水をかけ、氷を中衣に包んで両脇と足の付け根に挟み込んだ。東屋は日陰で風通しもいいから、移動の必要はない。あとは水分補給か。

幸いにもクレイヴ様はまだ意識がある。今ならば経口での摂取が叶う。

飲ませるなら経口補水液がいいけれど、作るにしても成分なんて知るわけがない。とりあえず水に塩でも入れて飲んでもらうか……。いや、似たものならできるわ。厳密な成分は知らずとも、前世で飲んだスポーツドリンクの味は、この舌が覚えている。

「エレノア様、レモネードを以前いただいたときの二倍に薄めたものをお願いできますか？　そちらをひとまず二杯分いただきたいの」

用意されたそこへ、今日も差し入れにと持参していた塩煎りナッツを挟んだデーツを数粒ぶち込む。レモネードの材料はレモンにはちみつと砂糖だから、ここに塩を加えさえすればそれらしいものができるはず。そう思い、しっかり撹拌して味をみてみた。

レモネードに塩を足すことでレモンの酸っぱさが和らいで、塩辛いというよりも柔らかな甘みを感じるようになっている。薄めた味も見立て通り、スポーツドリンクに近い。経口補水液は恐ろしくまずかった覚えがあるけど、さすがにそっちの味は覚えてないし、今日のところはこれで十分。

「クレイヴ様、こちらを。ご自身で飲めますか」

意識がもうろうとしている方にこちらから飲ませるのは危険だ。自分でカップも持てないような状態では、誤嚥のリスクがある。

身を起こすのを手伝い、本人にカップを握らせると、ゆっくりとカップを傾けていく。私たちが見守る中、クレイヴ様は数口含むと吐息混じりに呟いた。

「ご迷惑を……ふがいないです」

表情こそ乏しくとも、落胆していることはわかる。

この国の気候では、熱中症なんてほとんど認識されていなそうだものね。

倒れたまま起き上がれずにいると、軟弱だと思われてしまうのだろうか。

「恥じ入る必要などございません。どれほど気力体力に優れていても体格が立派であっても、避けられるものではありませんわ。黒ずくめの全身鎧では、このようにならない方が難しいくらいですもの」

黒は熱を吸収しやすく、全身鎧では熱の逃がしようがない。かといって、鎧の強度を変えたり兜(かぶと)を外せば衝撃(しょうげき)から身を守れないだろう。体の大部分を覆(おお)う上衣は日よけの意図もあるとのことだったけれど、せっかくの日よけが暗色では。

「兜のバイザーは必要時以外、極力上げていただくとして、上衣を……たとえば、白黒反転にするのは難しいでしょうか」

「ベントレー家の代名詞だからね、公爵(こうしゃく)が何と言うか」

白っぽい生地(きじ)に黒の刺繍であればと思ったが、そう簡単に変えられはしないのか。

「とはいえ、このままではまた繰り返してしまいますわ」

形式に縛(しば)られるせいで解決策に至れないなんて、そんな歯がゆいことあってたまるかと言いたいのに。受け入れられる形でなければ、それが何であっても成立はしない。

どれほど前世で有用性が明らかになっていても、この場でその必要性を証明できなければ、慣習や伝統を覆すことはできないのだ。

白い布と黒い布をかけた金属の箱で、それぞれ中の温度でも測ってみるとか？

……温度計を見かけたことがないのだけれど、この世界にあるのかな。

「でしたら、私が上衣をお作りするのはいかがでしょうか。ファルス殿下との連名となれば公爵様もご納得されるのでは」

未来の正妃が騎士を救うため一刺し一刺し刺繍をだなんて、すばらしい美談だわ。できるかどうかわからない証明よりずっと確実で、周りにも受け入れられるだろう。クレイヴ様の騎士復帰の条件がファルス殿下に伝わっているなら反対もされまい。

「良いと思いますわ」

「それならきっとベントレー公爵も何も言うまい。紋章旗も統一した方がいいね」

聞けば紋章旗は参戦者の紹介や、対戦カードの役割をも担うらしい。絶対に必要だわ。

「お待ちください。……殿下を差し置いて、私がいただくわけにはまいりません」

「ファルス殿下へ贈るハンカチにも心を込めて刺繍いたしますわ」

「……エレノア嬢は、王妃教育にお忙しいのでは。ご負担ではないですか」

「さすがに一人では。侍女の手を借りますから、ご安心なさって」

心をほぐす、ふんわりとした笑み。エレノア嬢は気遣いも完璧だというのに、クレイヴ様はなおも渋る様子を見せ、首を縦に振らない。

「万全な状態で臨むためですわ。このご様子が続けば勝てる試合も逃してしまいます」

国王陛下を唸らせる結果を出せば騎士に戻れるのだ。本番でも同じ状態になっていては力も発揮できまい。この機をふいにするつもりかとの意図を込めれば、クレイヴ様もとうとう押し黙った。

「私は、クレイヴ様とセラムが活躍なさるところを拝見したいわ」

そう告げると、セラムを思い出したのか、馬好きの黒い瞳が小さく瞬いた。

まるで瞳に気力が灯ったように感じ、知らず笑みが深くなる。

「では……たいへん恐縮ですが、お願いいたします。エレノア嬢」

「ええ。図案の参考としますので、こちらの上衣をお借りしますね」

どうにか話もまとまり、胸を撫でおろす。

原作小説では熱中症対策なんて出てこなかったように思うけれど、暗色上衣のクレイヴ様が騎士復帰するエピソード自体ないのだから当然だ。本来の主人公と同じことができない分、私にできる対処法は積極的に取っていくしかない。

私は再びクレイヴ様が身を起こすのを手伝い、スポーツドリンクもどきを促した。

「さあ、もっとお飲みください。せめて症状がなくなるまではお休みくださいますよう」

「リーゼリット様。よろしければ、ご一緒に刺繍なさいませんか？」

「えっ、……私ですか？」

突然のエレノア嬢の提案に、思わず声が裏返ってしまう。

かつての、家庭科の授業での残念すぎる制作物が頭をよぎる。

洗練された上衣が、私の一刺しで一部だけもさっとした仕上がりになる予感がするけれど、エレノア嬢に全部押しつけるのも忍びない。

「少しだけでしたら……」

「では本日このあとはいかがですか？　お友達と我が家で刺繍をする予定ですの」

王都に来てから知り合ったご令嬢は、エレノア嬢とレティシア嬢だけなのだ。ご令嬢のお友達が作れる機会はとても嬉しい。今日はもう帰るつもりだったけれど、家にいるとまた何も手につかなくなってしまうかもしれない。気晴らしにもなってありがたいわ。

「ぜひ、お邪魔させていただきますわ」

頭の中に和やかな女子会を思い浮かべながら、念のために他の騎士たちにも同様のリスクがないか鍛錬場を見渡す。通気性の悪そうな全身鎧は二十名ほどの重騎馬隊のみだが、クレイヴ様以外は誰も暗色の上衣を着ていない。他の方は作り直さなくてよさそうかな。ただ、各領地から参戦する者の恰好はわからないし、他の方のリスクもゼロではない。予防線は全員に張っておいた方がいいだろう。

「エレノア様、レモネードを多めの水で割り、休憩のたびに配っていただくことは叶いますでしょうか。明日から私は見学には参りませんので……」

「かしこまりましたわ。十分な量が確保できるよう努めます。塩も別途用意しましょう」

「僕も何か手伝えることは」

「こまめな水分補給ができるよう取り計らっていただけませんか。鍛錬中だけでなく、トーナメント当日も。すべての方が憂いなく参加できるようにしたいのです」

「当日も必要か……。可能な限りかけあってみよう」

ファルス殿下を味方に引き込めたのは大きい。さすがにもう、殿下には頼めないから。

他にできることはとあれこれ思案していると、ファルス殿下が私の前にかがむ。

「リーゼリット嬢。迷惑をかけたお詫びに、トーナメントの特等席を準備しよう」

マクラーレン邸に場所を移し、女の子の夢の詰まったようなサンルームで、エレノア嬢と侍女はこのあといらっしゃるお友達を招く準備に勤しんでいる。私はお茶をいただきながら、テーブルに広げられた刺繍糸や図案を眺めていた。

そこにやや大柄な侍女が現れ、一角獣の下絵の入った白い布地をばさりと広げる。

「まあ、ばっちりよ。さすが我が家の名手ね」

「褒めてもこれ以上のものは出ませんよ。大物ですが一色刺しですし、間に合うでしょう。紋章旗の下絵に取りかかりますので、刺せるだけ刺しておいてくださいな」

そう言って布地を置いていかれてしまったが、エレノア嬢はまだお客を招く準備中だ。

お先にどうぞと促されても、前世同様に手先が不器用なので気後れしてしまう。

「私、本当に刺繍が不得意で。簡単な箇所がよいのですが……」

「では、目のあたりはいかがかしら」

一番印象が変わる部位ではと思うが、細かいところも、逆に面の広いところも私には厳しいか。刺繍枠に布地をセットし、下絵に沿って針を通す。一目分糸を進めては半目分戻ることを繰り返し、なんとか目の形にできた。……もっさりしているけれど。

クレイヴ様からお借りした上衣はもっときりっとした目元だったのに、黒目がちになってしまったような。真剣に戦う騎士の装いとして、どうなんだろうこれは。

刺し直すべきか布が傷むかと逡巡し、潔く諦めて目元の周囲に針を刺していると、入口の方から賑やかな声が聞こえてきた。どうやらお友達が到着したようだ。

長い金髪に黄緑の目の華やかなお顔立ちの伯爵令嬢イルゼ・フォン・ローバー嬢と、茶色の髪と目に眼鏡をかけた知的な雰囲気の男爵令嬢マグナリア・ツー・ダグラス嬢。

お二人とも私と同い年くらいだろうか。急な割り込みだというのに、快く参加を許してくださった。互いに挨拶を交わし、名前と顔を一致させるべく目と脳に刻みつける。

「ローバー……もしや、レスター・フォン・ローバー卿の親族の方でしょうか」

「ええ、養兄です」

なんと。エレノア嬢と先生は幼馴染だったものね。妹さんとも仲がいいのだろう。

「レスター先生から統計学を教わっておりますの。たいへんお世話になっております」

「まあ、そうでしたか」

素っ気ない返事に目をしばたたく。義理だと言うし、関係性が希薄なのかしら。

「それにしても、なぜこのような大きな布に刺繍を？」

事情を話すとだいぶ驚かれたが、お二人は感嘆の声を上げただけですぐにご自身の刺繍に取りかかり始めた。集まってするほど刺繍がお好きなのかと思いきや、これはご令嬢方にとってのトーナメントの準備らしい。意中の騎士にハンカチなどの刺繍入りの布地を渡す、もしくは騎士の方から請われることもあるのだとか。

今日の女子会は、前世の感覚で言うところのバレンタイン用のチョコづくり会のようなものなのか。おしゃべりに花を咲かせつつ、めいめい手を動かすところもそっくりだ。

「ああ、一生に一度でよいから、美の女王に選ばれてみたいわ。皆の前で熱い告白を受け、投げキスか身に着けた物を贈って承諾をするのよ。そして全員で私の口づけを争うの」

ほう、とマグナリア嬢が息をつく。大人びているようでロマンチストなのね。

原作ではエレノア嬢がとにかくちゅっちゅしていたエピソードだったような気がする。見ている分には憧れるけれども、人前でのファーストキスは私には荷が重いかな。

「まあ、高望みを。私はハンカチを受け取ってくださるだけで天にも昇る気持ちよ」

誰に渡すのかと問えば、イルゼ様は髪に指を絡ませ恥ずかしそうに目を伏せた。

「ベントレー公爵ですわ……」

「えっ、既婚者では？」

それはありなの、と思わず尋ねてしまったが、全く問題ないらしい。

「本当に素敵な方ですの。私、公爵閣下をモデルにしたご本も持ち歩いておりますの」

そっとカバンからハードカバーを取り出すのだが、著者の名はベントレーではない。

まだご存命の方だよね？　伝記やエッセイでもなく？　肖像権もないのか……。

しかも『よろしければぜひ』と渡そうとしてくる。布教する気満々だわ、このご令嬢。

「気負うことはございませんわ。無事を祈るという意味もありますから。捕虜となったり、負傷により戦線復帰できなければ、ハンカチを没収されてしまいますの。ハンカチが残っていれば無事の帰還であり、お相手の願いに報いた証ということに」

エレノア嬢が上衣に刺繍をしながら説明をくれる。美の女王になれずとも楽しめるようになっていて、自由恋愛というよりはファンイベントのようなものなのだろうか。

お二人が心から楽しみにしていることがわかる。今日こちらに足を延ばすことにしてよかった。和やかで明るい気分になれる。

「それでも、贈る側も受け取る側もお相手は一人きりに限定されますからね。リーゼリット様、よい時期に婚約破棄されましたわ。赤眼の第二王子よりずっと将来有望な騎士とお近づきになれますもの」

マグナリア様は眼鏡の奥の瞳を柔らかく細めて語る。私が同じ気持ちなのだと疑いもしない、一切の悪意のない、純粋な善意。だからこそひどく動揺した。

エレノア嬢もまさか友人からこの言葉が出るとは思わなかったのだろう、刺繍の手が止まってしまっている。

「……殿下はとても良くしてくださいましたわ。共に過ごし暖かい気持ちになりました」

「まあ、リーゼリット様はお優しい方ですのね」

……私が殿下のことを話せば話すほど、殿下ではなく私の株が上がっていくのか。

これも全部想定した上での、破棄前提の婚約だったというの？

「本当のことですもの。私だけでなく、どなたに対しても分け隔てなく接していらっしゃいましたし、少し照れ屋で不器用なところが魅力的でしたわ」

離れてしまえば遠くからの援護すら叶わないのか。もう私には何もできないのか。

ざわざわした思いで言葉を重ねる。

「まあ。ギルベルト殿下はそのようなお人柄なのですね。よく存じ上げずに失礼を」

思いのほかするりと受け止められ、肩に入っていた力が抜ける。まだ私にもできることがある。ちゃんと殿下の人となりを伝えればわかってくださるのだと。

「私、お二人が踊られていたダンスをよく覚えておりますわ。とても素敵でしたもの」

イルゼ嬢は金髪翠眼だ。条件に合う令嬢として、お城の茶会に招かれていたのか。

「それほどまでに良い印象を抱かれたのですもの、きっとお茶会のあとも良いご関係を築いてこられたのでしょう。外交優先による破棄とお聞きしております、残念でしたね」

外交優先による破棄……本当に何もかも私の不利益にならないようになっているのか。

イルゼ嬢の労るような眼差し。殿下との日々が思い起こされ、手元に視線が落ちる。

「リーゼリット様、いかがでしょう。ギルベルト殿下にハンカチを贈られては」

俯いた私をエレノア嬢が優しく覗き込む。

私を招いたのは、別の道を行くと決めたあともぐらぐらな私を気遣ってか。あの場で押し殺した想いを、気負わずに、それと知られずに伝える術があると示すために。

でも、知りたかった殿下の思いは聞けたし、たとえ既婚者にも渡せると言えど、その奥さんや恋人はいい気はしないように思う。殿下だって渡されても困るでしょう。

「ただ私は、気持ちに整理をつけたいのです……」

「まだお気持ちが残っていらっしゃるようにお見受けしますけれど……では、こうしてみては？　団体戦の直前にギルベルト殿下がハンカチをお持ちでない場合にのみお渡しするのです。すでにお持ちの際は潔く次の恋に移る。一区切りつけるにはもってこいですわ」

マグナリア嬢の言葉に求めていた答えを見つけ、私は少しの逡巡のあと、黄色の刺繍糸を手に取った。

万が一にも受け取っていただいた際に『感謝』の意だと思ってもらえるように。

『秘密の恋』を忍ばせて。

六章◆そして始まるトーナメント

あっという間に日は過ぎ、トーナメント当日。とうとうこの日を迎えてしまった。

思いつく限りの対策は練り、準備を整えた……はずだ。ねじ式の止血帯は医師たちに好評で十分な数も用意できたし、この国に応じたトリアージの体制もまとまった。

団体戦中にアスコット様を閉じ込めておく場所の算段もつき、その際の口裏合わせとフォローは、お詫びと称して無理矢理ファルス殿下に依頼している。鍛錬中の熱中症事例はその後ないようだし、クレイヴ様の上衣と紋章旗もこの通りなんとか間に合ったしね。

クレイヴ様にお渡しするため、それぞれの侍従を伴い、エレノア嬢と騎士の待機場まで向かう。ハンカチなど刺繍入りの布地の受け渡しは団体戦までに行うものと聞いていたが、待機場ではもうすでに始まっているようだった。

受け取った布地は腕に巻きつけるらしく、騎士とご令嬢が初々しく腕に手を回すアオハル真っただ中な一幕もあれば、お目当ての従騎士がすでにハンカチを巻いているのを見て走り去る女性や、人気の騎士をきゃあきゃあと囲む一団もいる。

優勝候補の二人はさぞやと思っていると、遠くにアスコット様の姿を見かけた。ぴったりとレティシア嬢が寄り添い、他のご令嬢方は遠巻きに眺めるばかりだ。あれでは誰も近寄れないどころか、アスコット様もエレノア嬢の元へは近づけないだろう。

　レティシア嬢へアピールしているのか、その近くをランドール様が行きつ戻りつしては、たまにご令嬢に呼び止められて困ったように断ることを繰り返している。

　周囲の出来事が自分のことのように思えて少し落ち着かない。いち傍観者でいられないのは、用意したハンカチのせいだろう。

　アスコット様の腕には何も巻かれていない。ハンカチを贈れる相手は一人きりだと聞くから、レティシア嬢はすでに殿下に贈ったために、アスコット様の傍にいるのだろうか。

　陽の目は見られそうにないなと、私はポケットに忍ばせたハンカチにそっと触れた。

　騎士や従騎士、ご令嬢方でにぎわう待機場内で、ようやく真っ黒な全身鎧のクレイヴ様を見つけ、上衣と紋章旗を手にしたエレノア嬢と向かう。

「あの……このような形になりましたが……」

　黒目がちな一角獣を見るなり、クレイヴ様の表情がわずかに和らぐ。

「ありがとうございます。まるでセラムのようです」

　なんてポジティブな捉え方だ。愛馬に似ているならギリギリセーフだと思っておこう。

　一言激励を伝えてこの場を去ろうとしたところで、にわかに周囲がざわめいた。

　声の方へ視線を向けると、その中心にいるのは、黒い上衣と鎧に身を包んだ一人の女性騎士のようだった。額から頰にかけて大きな傷を持ち、長く艶のある黒髪を高い位置で一つに束ねている。観衆に手をかざしながら悠々と歩を進め、私たちの前で足を止めた。クレイヴ様の手元を覗き込み、私とエレノア嬢とを見やる。

「ははあ、そちらが依頼したという上衣か。美しいご令嬢二人に刺繍を願うなど、我が息子ながらやるではないか」

豪胆な笑みを浮かべる、この方がベントレー公爵。……まさかの女傑か！

既婚者どころか女性じゃないか。予想外すぎる！

クレイヴ様と同じスラリとした長身だが、立ち姿でさえ隙を感じさせない。陛下と対峙したときのような体格以上の圧を感じ、とっさに身構えた……のだが。

「それで、どっちが本命だ、ん？」

クレイヴ様の肩に片腕を回し、無言を貫くご子息を揺さぶり始めたのだ。

一瞬でその場の緊張感がかき消え、思わず目が点になってしまったわ。

ずいぶんと砕けた方なのね。何と言うか……ランドール様を彷彿とさせるような。

「うん？　こちらはご令嬢の護衛か？　はて、どこかで会ったことがあったか」

公爵は、今度は私の後ろに控えていたカイルに目を留めたようだ。迫力のある公爵にずいと身を乗り出され、普通なら臆してしまいそうなところをよく耐えている。

「ひと月ほど前にお嬢様について王都を訪れたばかりにございます。それまではロータス領内で過ごしておりました」

「ロータス領は行ったことがなくてな、気のせいか。はて、誰に似てるんだったか」

首を傾げる公爵のもとに、鎧姿のランドール様が突進してきた。

『閣下！』と体当たりを決めるランドール様を、難なく背に担ぐ。

「はっはー！　ちっともでかくなってないなランドール！　こんななりで戦えるのか？」

「ひってえ、見てろよ叔母貴。目玉が飛び出るくらいにびっくりさせてやる！」

「閣下と呼べ」

顔面にデコピンを食らい、ランドール様は額を押さえてその場にうずくまっている。

笑い方もよく似ていると思ったら、なるほど、ご親戚なのね。

隣に立つクレイヴ様を見やると、母が申し訳ありません、と小さく呟かれた。

額をさすりつつも、なんとか復活したランドール様がクレイヴ様の手元に目を落とす。

「クレイヴ、上衣なんかおかしくねえ？」

「知らなかったのか？　クレイヴはこちらのご令嬢方に仕立てていただいたのだよ」

「えっ、おま、うっそだろぉ⁉」

目を丸くするランドール様の横で、ベントレー公爵は鼻高々だ。いろいろと予想外だったけれど、白黒反転の上衣を快く受け入れてもらえたみたいでホッとするわ……。

「閣下、陛下がお呼びです」

「ん？　もう時間か。では失礼するとしよう。我が息子よ、誰より信じているぞ」

グローブをはめた掌でクレイヴ様の頰をひと撫でする。慈しむような眼差しとしぐさに、周囲で見守っていた群衆――主に女性陣から、黄色い悲鳴が上がった。

そりゃ上がるわ。間近で今の光景を目にした私もエレノア嬢も、あまりのことに呼吸を忘れている。再び群衆に手を振り去ろうとする背中に、ハンカチを手にした女性がぞろぞろとついていき……その中にイルゼ嬢の姿を見つけて、静かに健闘を祈った。


エレノア嬢とともに救護天幕に寄って、配置や役割など簡単な打ち合わせをしてから、柵のちょうど中央、槍の衝突が最もよく見える観覧席へと向かう。ファルス殿下の言う特等席とは、王家の観覧席だったらしい。

「ああ、二人とも、こちらへ。エレノア嬢は一番奥の席に」

国王陛下と妃殿下の座席の一段下に、王子とその婚約者の席が設けられており、奥から順にエレノア嬢とファルス殿下、ギルベルト殿下とレティシア嬢が横並びになっている。せめて末席が用意されているのかと思いきや、私の席はなぜか真ん中……両殿下の間という謎位置だ。まだ現れてはいないが、ちょうど真上には陛下と妃殿下が座すときている。

レティシア嬢の針を刺すような視線を受けつつ、ギルベルト殿下の驚愕に見開かれた眼を抜け、ファルス殿下の隣の空席まで進む。

居心地が悪いなんてものじゃない。これはもうとんでもない。

「あの……ファルス殿下、こちらの席は……」

「これ以上ない特等席だね」

お詫びの内容を、アスコット様の閉じ込めフォローの方が良いと頼んだからか。試合を望むには最高の場所だけれども、心臓に生えた毛がふっさふさでもないと耐えられない。

辞退が吉だと逃げを打つより先に、国王陛下と妃殿下が現れてしまった。なぜここにいる、との二人分の目に晒される中、せめて礼はとらねばと青い顔でドレスを持ち上げる。

そこへファンファーレが響き渡り、馬上槍試合の参戦者たちが入場を始めた。

「今からではどの席も空いていないよ」

にこりとファルス殿下に促され、どうにもならずに席へと腰を下ろす。

反対側の席に顔は向けられないけれど、ギルベルト殿下の腕にまだハンカチが巻かれていないことだけは、しっかりとチェックしてしまった。

陛下の御前に整列した参戦者は総勢十六名。防具をつけた馬に騎乗し、傍には従騎士がつき従い、縦長の紋章旗を高らかに掲げている。

すべての紋章旗が観覧席中央の石壁へと横一列に立てかけられ、いっそう華やかさが増した。勝った者の旗が一段上に掲げられることで、勝ち抜いた者が一見してわかるようになっているらしい。物理的なトーナメントの櫓というわけだ。

「衝突は一戦につき三度までだ。馬に槍を当てることは禁じられている。相手の頭部や胴回りに槍を打ち当て、三度の衝突での合計ポイントで争う。胴回りは一ポイント、兜は槍を当てにくいから二ポイントになる。相手を落馬させれば三ポイント。続行不能になればその時点で勝敗が決する形だ」

ギルベルト殿下がレティシア嬢に向かって説明しているのが、隣なのでよく聞こえる。私にとってはありがたいのだけれど、レティシア嬢は興味がないのか頷きもしない。

二人の仲はどうなのだろう。いつもこんな感じなのかな、それとも公の場でなければ仲睦まじく過ごしたり、互いを認め合うような言葉が聞かれたりするのだろうか。

……この席、嫌でも二人の様子を垣間見られてしまうんですけど。ちっともお詫びじゃないよと心中でファルス殿下の首を絞めながら、闘技場へと視線を向けた。

一人目の挑戦者が赤地に黄色の刺繍の紋章旗を示す。対戦相手はランドール様だ。

双方の旗がはためく中、五十メートルはある柵の両端に重装備の騎士がつく。

ランドール様は兜のバイザーを下ろし、侍従から槍を受け取ると、槍を高らかに掲げて馬の手綱を引いた。ほとんど同時に両騎士が柵の中央へと駆け、闘技場を囲う観客席は、心待ちにしていた馬上槍試合の開始に沸いた。

とうとう始まるのだ。どうか、誰も大きな怪我がありませんように。どうか、クレイヴ様が勝ち進んで騎士に復帰できますように。

祈る中、ランドール様はあぶみに体重を乗せて軽く腰を浮かし、やや前傾姿勢で臨む。ぐんぐん勢いを増し、スピードを落とすことなく相手に槍をぶち当てる。槍がものの見事に弾け散り、ランドール様の二倍ほどはありそうな体格の騎士が盾ごと吹っ飛んだ。地面に打ちつけられた騎士が、たった一撃で伸びている。

いきなりの快勝に、観客席は怒号のような歓声に揺れた。

ランドール様は兜のバイザーを上げ、得意満面の笑みを見せている、ようなのだが……

私は目をかっぴらいたまま固まっていた。なにせまともに見るのはこれが初めてなのだ。

こんな激しいものだったなんて、と血の気が引いていたのだが、あの威力はランドール様に限ってのものだったらしい。他の騎士は何度か衝突を繰り返して勝敗を決しているのに、ランドール様はどの対戦相手も一撃で退けていく。

初めはまぐれかと驚き混じりだった観衆も、快勝を続け、拳をつき上げるたびに会場中が揺れんばかりの歓声を送り、出るたびにランドールコールがすさまじくなっていった。

さてレティシア嬢はいかにと横目で見やれば、実に淡々としている。

もう一人の優勝候補、件の騎士たるアスコット様はそつなくこなしていく印象だ。柳のように相手の槍を躱し、盾で受け流すため、そもそも有効な攻撃が通らない。衝突の瞬間なんて一瞬のはずなのに、わずかな体のひねりで相手にのみ攻撃を入れていくという非常にスマートな戦い方を繰り広げているためか、こちらは女性陣の悲鳴がものすごい。

強いことは強いのだろうけれど、ランドール様の破壊力がすごすぎて、ここにきて少し不安になってくる。大丈夫だよね？　件の騎士はアスコット様で合っているよね⁇

……もしランドール様が優勝したらレティシア嬢の名で二人を呼び出そう、そうしよう。

一方、騎士復帰がかかっているクレイヴ様はというと、辛うじて勝ち進んでいるという印象だ。粘り勝ちが多く、殿下の解説が入るまで祈りすぎて手が痛くなるくらいではあるけれど、どうにか勝ち星をあげていった。

石壁の上部を飾る紋章旗四枚の中に一角獣を認めて胸が熱くなる。

準決勝一試合目は優勝候補同士の戦いとなり、両者が中央へと躍り出る。

勝負の一撃目。ランドール様の槍が盾に阻まれて弾け、アスコット様の体が大きく揺れる。動揺と安堵の声が至る所から漏れ、初めてアスコット様に攻撃が入ったこととアスコット様が馬上に留まったことで怒号のような歓声に変わった。

ええとええと、当たったのは盾だったからポイントにはならないんだよね？

間を空けず、ランドール様が新たな槍を手にして馬が走り出す。体勢を崩したアスコット様に比べると十分な助走距離が得られており、馬上の姿勢も槍先も安定している。このままランドール様が打ち取るかと誰もが思ったその時、槍は盾に阻まれ、アスコット様の槍がランドール様の兜を打った。相当な衝撃だろうに、両者ともに持ち堪えている。

今の攻防でポイントを取るとかやばすぎでしょ。もし次で同点になったらどうなるの？

「延長戦はない。同点の場合、先にポイントを多く取った側が勝つ。落馬しなければアスコットの勝ちだ」

　レティシア嬢の無反応にもめげずに入る、殿下の解説が本当にありがたい！

　アスコット様が優勢のようだけれど、二人の実力が別格すぎて、どちらが勝ってもおかしくはない。これだけ大人気な二人が団体戦に出ないなんてことになれば暴動が起こりそうなので、どうか私が閉じ込める相手は一人であってほしい。

　その願いが届いたのか、アスコット様は悠々とランドール様の槍を躱した。バイザーを上げたアスコット様が甘い笑みを見せ、すさまじい悲鳴と怒号に包まれる。

　クレイヴ様もなんとか勝ち進み、決勝に臨むのはアスコット様とクレイヴ様となったが、まだ余力のありそうなアスコット様と異なり、辛勝を重ねていたクレイヴ様は大きく肩で息をしている。鍛錬時に私がお伝えしたように、可能な限りバイザーを上げてくださっているようだが、多少の熱を逃がしたところで実力差が埋まるわけではない。勝ちに至る経過からも力の差は歴然で、今もつかんだ槍を取り落とすほど体力も落ちているのだ。

　国王陛下は成果いかんで騎士に戻すと言った。すでに十分な戦績だと思うが、あの陛下のことだ。優勝でなければ認めぬと言い出しかねない。

　以前殿下がぼやいていた『存外寛大な処置と言うわけでもない』の意味をようやく理解し、いらだちをため息として吐き出す。

それでも、クレイヴ様は少しも諦めていないのだ。グローブの握りを確かめ、槍先を振り下ろしてからひたりと据え、それを合図に二者一斉に馬が駆け出す。

一撃目、アスコット様の槍がクレイヴ様の肩を突いた。一方の槍は盾で砕け、体が大きく傾ぐ。それでもクレイヴ様は手綱を決して離さず、あぶみを踏みしめて耐えた。

ランドール様を破ったアスコット様の快勝を望む観衆が、ブーイングを送る。

頼むから必死な騎士を盛り下げるのはやめてくれ。

二撃目のクレイヴ様の槍は肩を掠め、アスコット様の槍は頭部で砕けて兜が大きく宙を舞った。むちうち必至の壮絶な衝撃のはずなのに、クレイヴ様は馬上に留まっている。肩で大きく息をつき、項垂れ、軽く頭を振ると、木片で傷がついたのか、白い上衣に血が散った。その気迫に気圧されたのか、観衆が一様に静まる。

クレイヴ様は転がった兜を従騎士から受け取り、血の滴る顔をバイザーの奥に隠す。

相手は原作小説でエレノア嬢と結ばれていたような主要人物だ。あの激強ランドール様を悠々といなして決勝まで駒を進めている。どちらが勝ちに近いかなど百も承知。

でも、ここまで来たんだ、お願い。生涯従騎士の呪縛から解放してあげて。私のしたことで一生苦しい思いを抱いたままにさせないで。理不尽な苦しみから逃れられるのだと、私と殿下に示してほしいのだ。

力加減などきかないくらいに手を組み、祈りを込めて見つめる中、最後の槍が交わる。

互いの槍が弾け、二人は背中から地面へと叩きつけられた。一人じゃない、二人ともだ。

「……この場合どうなるの……」

「…………いち早く馬上に戻った側にポイントが入る」

しんと静まった闘技場で、アスコット様が柵を支えに立ち上がる。従騎士たちが馬に戻るよう急がせる中、セラムがクレイヴ様の元へと駆け寄り、鼻筋をぐいと押し出している。

クレイヴ様は鞍につかまるように身を起こし、アスコット様の馬が戻るより早くセラムの背へと乗り上げた。番狂わせに津波のような歓声が上がる。

……勝った。クレイヴ様とセラムの協同で、件の騎士を打ち取った……。

「行ってやれ」

殿下の声に視線を向けると、レティシア嬢が真っ青な顔でドレスがしわになるほど握りしめていた。殿下の言葉に弾かれたように顔を上げ、小さく会釈をして席を立つ。

闘技場ではアスコット様が従騎士の補助を受け、馬の背へと跨ったところだった。

アスコット様が心配で飛んでいきたくとも、立場があるからと耐えていたのか。礼節を尊び、私事を優先しない、動揺してもただの一度も声すら上げない、レティシア嬢はそんな方なのだ。そしてそれを殿下も理解し、気負わせないよう声をかけられるのだ。

王家に嫁ぐ者の矜持を肌で理解し、俯いてしまいそうになる。

……いや、学ぼう。この先令嬢として生きていく上でも必要な、私に足りない要素だ。

　そして今考えるべきは件の騎士対策。優勝者が原作では参戦していないクレイヴ様なので、番狂わせでも迷わずにすんでいるものの、問題はレティシア嬢の目の前でどうやってアスコット様の団体戦出場を阻むかだ。二人をファルス殿下に呼び出してもらうとか？難易度の上がった件の騎士救出策に唸っていると、兜を弾ませたクレイヴ様が、手綱を引きセラムの体をこちらへ向けた。察するに、勝者は陛下の元に向かうのだろう。悩むのは後、今は勝者を讃えよう。これで文句なしの騎士復帰だ。

　どうだ、と国王陛下を横目で見やると、陛下は意味ありげな視線をよこした。

　クレイヴ様の声がした気がして、前へと向き直る。観覧席の前にクレイヴ様がセラムを横づけし、こちらを見上げていた。私は晴れやかな気持ちで、馬上の雄姿を讃える。

　おめでとう、それにありがとう。私自身も今、救われた思いなの。

「リーゼリット・フォン・ロータス嬢、こちらへ」

　クレイヴ様の呼び声に、まっすぐに向けられる視線に、これまでにない温度を感じる。

　あれほどの歓声は止み、皆が固唾をのんでいるのがわかる。

　馬上槍試合の優勝者が、陛下への拝謁でなく、ご令嬢の名を呼ぶとくればそれは。

　わっ、私を美の女王に指定しているってこと⁉

　なぜ。陛下に直訴したことを聞いたのか。でも知っていそうな気配もなければ、クレイヴ様からの熱い視線なんて一度も感じたことはないよ。主君の恋人を選んで持ち上げることもあるって聞いたから、忠義の意味合い？　ああでも、婚約は破棄されているからそれはないのか？

「騎士の誉れだ。おまえにとってもこの上ない名誉だぞ。受けないでどうする」

殿下はそう言うが、名誉なんて私には一番意味もないことだ。衆目の中、殿下と言い合うことなどできず、おずおずと立ち上がる。一歩階段を下りるたびに視線が身に注ぐ。

考えられることは鍛錬場での熱中症対策のやりとりだろうか。

あの件で恩を感じているのなら、私ではなくエレノア嬢がふさわしいでしょうに。

「あの……何か誤解されていらっしゃるのでは。上衣の刺繍もドリンクの準備も、ほぼエレノア嬢でしたわ」

クレイヴ様の目の前まで及ぶと、私は往生際悪く小声で告げた。

「なぜ私にこの晴れ舞台が許されたのか、気づかないはずはありません。あなたが私の事情を知り、陛下の元を訪れたその日でしたから。あのように心を砕かれて、惹かれぬ者はいないでしょう。私の美の女王はあなただけだ」

ひたむきな双眸に射抜かれる。真摯な感情に、これ以上のごまかしはきかないと悟る。

でも、それを受けるに値するような行為ではなかった。私情混じりの、クレイヴ様の事情に殿下を重ねた身勝手なものだ。

「……責任を感じただけですし、それ以外にも。褒められたものではございません」

「それも存じております。あなたを困らせたいのではない。ギルベルト殿下のために、私を使ってほしいだけです。今度は私が、あなたの助力に報いる番だ」

どういうことと訝しむ私に、クレイヴ様はグローブを外した指を自身の唇にあてた。

「美の女王となられたのち、殿下にこう告げればよいのです。『私の唇を守って』と」

「な、いっ、い、言えませんわ⁉」

この人、たまに真顔で冗談を放ってくるわね。

つまり、団体戦での褒章の美の女王の口づけを、殿下を奮起させるための贄に使おうと言いたいのか。これだけの舞台を使って。私的利用が過ぎないか……？

「お約束します。ギルベルト殿下を表舞台に。それがあなたの願いのはず」

確かにそうなのだけれど。殿下には義務感で傍にいただけの元婚約者の唇を守る義理はないのでは。クレイヴ様の目は嘘を言っているようには見えない。勝算でもあるの？

……美の女王の承諾のしるしは、騎士への投げキスか、身に着けているものを贈るというものだったっけ。私には関係ないと思って話半分にしか聞いていなかったから、どちらがどんな意味を持つのかはわからない。原作のエレノア嬢は投げキスをしていたけれど、私には絶対無理なので、どちらにせよ選択肢はないに等しい。

髪を結っていたリボンを片方外し、観覧席からクレイヴ様へと差し出す。リボンの両端に縫い留められた宝石の重みで、掌から滑り落ちるのを掬われ――

「頂戴いたします」

クレイヴ様が恭しくリボンに口づけ、私は美の女王になってしまったのだった。

「軽食をお召し上がりになられましたら、湯殿を用意しておりますので軽く身を清めていただき、その後専用のお衣装に着替えていただき……」

ざます、という語尾が似合いそうな三角眼鏡にひっつめ髪の祭事官に連れられ、支度部屋へと向かう途中。歩きながら、美の女王に選出された者の予定だといって長々と説明を受けているのだが、やることがいっぱいみたいですでに気が遠くなっている。

「団体戦の間、美の女王には塔に移っていただきます。その際のお手引きは……」

「お話の途中に失礼を。団体戦の間中、ずっと塔の中に？　別の場所で過ごすことは叶いませんか？」

できません、と語気荒く否定されて青くなる。団体戦中の救護天幕のお手伝いをと約束していたのだ。せっかくエレノア嬢から薬を教わったのに生かせないどころか、前線医療の現状把握に、止血帯やトリアージがうまくいっているかを確認できる機会が……。

「少しだけでもいけませんか？」

「なりません」

取り付く島もない。美の女王としての過ごし方も聞いておくのだった……！

「では、少々お時間をいただけますか。すぐに戻りますので」

まずはファルス殿下に件の騎士対策の訂正版をお願いせねば。そして、ギルベルト殿下を奮起させなければならないのだ。でなければ最悪、顔も知らぬ人に私のファーストキスを捧げることになってしまう。それを伝えたところで殿下ががんばってくれる保証もないのだけれど。

「いずれかに立ち寄られる際には私も同行いたします」

そ、そんなご無体な……この人が目を光らせる前で、殿下に唇がうんちゃらを言うの⁇

シュールすぎるでしょう。どうなのそれと思いつつ、断れずに両殿下を探す。

天幕が目の前にさしかかったあたりでギルベルト殿下の後ろ姿を見つけたのだが――

「いやです、絶対に連れてなど行かせませんわ……っ！」

駆け寄ろうとしたところで、外まで響くほどのレティシア嬢の声が聞こえてきた。

「この私が許しません、お兄様の腕を切るだなんて！」

えっ、なぜ腕を切ることに？

慌てて殿下の横から天幕内を窺うと、レティシア嬢がアスコット様をかばうようにして医師たちを睨みつけている。

「殿下、何があったのですか？」

傍にいたギルベルト殿下に小声で尋ねると、殿下は苦々しく眉根を寄せた。

「……アスコットが落馬の際に腕を骨折したらしい」

この場での治療は困難だと近隣の病院への搬送を試みたが、レティシア嬢が阻むためにアスコット様を動かせないのだという。右前腕に添木はされているが、搬送用の馬車には移動できずにいるようだ。

……これは、クレイヴ様が参戦したことで原作からずれた影響だろうか。

「レティシア。このままでは腕が腐り落ちてしまうかもしれないんだよ。それに、ここに留まっていては皆も困ってしまう」

アスコット様のなだめるような声かけにも、レティシア嬢は弱々しく首を振るだけだ。

「動く腕をわざわざ切り落として、お兄様がもし、死んでしまったらどうするの」

四肢切断の術後死亡率は四十パーセントなのだ。半数近い確率で亡くなるとわかっていて、喜んで送り出せるわけがない。

「お願い、連れて行かないで……」

レティシア嬢の消え入りそうな声が痛ましい。

見る限りでは骨が飛び出ていたり、変な方向に曲がっている様子はないが、レントゲンもなく、折れた骨の状態を外から視認することもできない。ギプス包帯は試作段階。抗生剤の完成もまだだ。この状態で確実に助けられるとは、口が裂けたって言えやしない。

このまま何もしない方がいいのか……試すべきか……。

「……殿下、この付近に石膏の粉はございますか」

「倉庫をあたれば用意できると思うが……何をする気だ」

材料はある。あとは私の覚悟と、二人の意思だ。

「…………お二人にご提案がございますわ」

私が声を上げるとは思わなかったのだろう。

その場にいた者の驚き見開かれた目が、いっせいに私を映す。

「腕を切らない治療法が一つございます。折れた骨がくっつくまで、石膏をつけた布を巻きつけ、添木よりも強固に固定するのですわ。けれど、確実に治る保証はありません。悪化することも、お医者様がおっしゃるように腐り落ちることもございます。それでもなさいますか」

医師でもない子どもの提示する未知の治療法なんて誰が望むだろう。何かあれば国際問題にもなりかねない状況で、この場にいる医師も委ねてくれるだろうか。それも、手の震えを必死に押し隠した令嬢になぞ。

案の定、医師たちはざわめき、アスコット様とレティシア嬢も戸惑っている。

まあそうなるだろう。しかもこれで、医師や医官へのごまかしもきかなくなってしまった。医師たちは未知の方法でファルス殿下を救った令嬢と私を結びつけるだろう。

「この場で腕を切る以外の手段を提示できる者は進み出ろ。そうでない者に口を挟む権利はない」

ギルベルト殿下が声を上げ、場がしんと静まる。あとは二人がどう判断するかだ。

「リーゼリット嬢、その方法を試してもらえるかな。レティシア、俺は頼みたい」

レティシア嬢の目は困惑の色を乗せていたが、手術よりはと思ったのか、小さく肯定を示した。

「どなたか石膏の粉をこちらまでお願いできますか。腕を覆えるほどの海綿と、大きめの布を何枚か。麻紐を数本、たらいに水を」

バタバタと散っていく医師や侍従たちとは別に、祭事官は女官に何か指示を出して走らせてから私へと向き直った。

「軽食は塔に用意させますからそちらでなさってください。湯あみも省きますが、あまり汚れないでくださいませ」

臨機応変なご対応、痛み入ります！

「拝見させていただいてもよろしいですかな」

「……まだ試作段階ですの。ヘネシー卿のお手を借りられると嬉しいですわ」

品が整ったのを確認し、石膏粉末に水を加えて攪拌して泥状にしてもらう。

骨折部位を固定している添木を外すと、すでに赤く腫れて熱を持っていた。

用意してもらった海綿を腕に巻き、その上からぐるりと布を巻きつける。布の重なった部分にギプスカッター代わりの麻紐を通し、別の麻紐で布を固定する。アスコット様の腕をヘネシー卿に水平に保っていただき、手から肘まで泥石膏に浸した布を巻いていった。石膏をなじませる際に力をかけすぎないよう撫でつけていると、背後で戸惑う声がした。

「この方法では腕が変形してしまうのでは」

変形の理由は、神経を長時間圧迫して傷つけてしまうためだ。神経解剖学があやふやな国にそれを伝えたところで、ヘネシー卿以外の医師たちから反駁を食らうのがおちだ。

「たとえば、腕の内側を強く押さえると指がしびれたり、勝手に曲がりますでしょう？変形はそうした理由によるものかと。骨折部位が腫れあがると、硬い石膏に押され続けることになりますわ。海綿が緩衝材となり、圧迫を防ぐことができるかと」

実際は筋肉や腱も関わってくるため、そう単純なものではないが。今は理解優先だ。

「それならかねてからの問題点は解消される。切る以外の選択肢が生まれますな」

「しかしこの方法では、人手も時間もかかってとても前線転用はできませんぞ」

後ろで議論が始まる中、ギプス固定を終え、手早く手を洗って紙と鉛筆をお借りする。

完全に固まるまでの時間は荷重をかけないこと、反応熱や気化熱で寒くなること、爪の変色や指先のしびれが出たらすぐに外すこと、患部を吊り上げしばらくは安静に過ごすこと、濡らさないようにすること――思いつく限りを紙に記し、アスコット様に渡す。

「注意点をまとめました。定期的にお医者様に診ていただきますよう。また、私とレヴィの訪問を認めていただけますか」

「あなたまだそのようなこと……」

「ご懸念されている理由ではございません。この方法はまだ試作段階。レヴィが今もなお改良を試みています。いったんは私の持ちうる方法で固めましたが、巻き直しの際にはレヴィを含めた方がよろしいのです」

レヴィをこれ以上傷つけたくはないし、もう無理にあてがおうとは思わない。望むものはレヴィの幸せであり、最も良い治療法だ。

「開発した者に診てもらうのが一番だ。頼むよ」

「……確実に治る保証はないのだもの、お礼は言わないわ」

レティシア嬢は私の返事に眉をひそめ、アスコット様へと顔をそむけた。

「ええ、それがよろしいかと」

「お兄様はこのあとどうなさるの？」

「安静にする必要があるのだろう？　観戦は諦めて、部屋に戻るよ」

「兄に付き添ってもよろしいかしら。ギルベルト殿下」

「ああ。俺から陛下や兄に伝えておこう」

アスコット様は骨折してしまったし、完璧な処置とは言い難いけれど、結果的に団体戦出場の辞退にはつながったのか。ファルス殿下にも状況が伝わるようだし、呼び出して閉じ込めるなんて無茶をせずにすんで、ある意味ではよかった……のかなあ。

「ちょっとあなた、耳を貸しなさい。いいことを教えてさしあげますわ」

レティシア嬢に手招きされて顔を寄せると、小声で耳打ちされる。

「私、あいにくと、未だに婚約者候補止まりですの」

「……そうだったのですね」

あれが契機となり、正式な婚約が進められたものと思っていた。殿下が自身の目的のために、まだ早いと断ったのかな。それだとレティシア嬢とは一生結婚できないのでは。

「私、お兄様のご活躍を知りたくて、馬上槍試合のルールはすべて頭に入れました」

だから殿下の解説に無反応だったのね。締まらない感じが殿下らしいわ。

「……妃殿下の言動はすべて、ギルベルト殿下の幸せを心から願ってのものよ」

それは、すごくよく理解できた。王家に嫁ぐ者の矜持を持ち、他国にも顔が利き、共にいるだけで殿下を引き上げることができるレティシア嬢を推すのはあたりまえだ。

私がしゃしゃり出る幕なんてないのだろうけれど……。

「それを重々承知でお願いがございますの。……殿下の御為に、殿下へ団体戦でのご活躍を願い出てもよろしいでしょうか？」

「ですから、……ああもう、察しの悪い方は嫌いよ。お兄様、お部屋に戻りましょう」

レティシア嬢は焦れたようにため息をつくと、アスコット様を連れ出そうとする。

あの、まだ返事をいただいていないのだけれど……。

「ギル、頼まれてくれないか。このままではランドールが開始時に捕虜の身になりかねない。レティシアからでなくて悪いが、おまえの無事と活躍を祈っていると」

そう言って、アスコット様は首元に巻いていた緩衝用の布を取り出した。必ず伝える、と受け取る殿下こそ、その腕にはまだ何も巻かれていない。ハンカチないんですけど？

「さあ、もうよろしいですね、美の女王の準備が間に合わなくなります」

祭事官が懐中時計片手に私を急き立てるのを踏ん張って押し留まり、なんとかヘネシー卿に欠員となることへのお詫びを伝え、すでに天幕を出ていた人物を追いかける。

「殿下！」

足を止め、向き直った殿下の顔を、なんだか久しぶりに真正面から見た気がする。

「さきほどは、一喝いただきありがとうございました」

「問題ない」

真後ろでそわそわしながら待っている祭事官の圧を感じる。

本当にこの人の前で言うのか……。めげそうになるけれど、時間は待ってはくれない。

「私、美の女王です。クレイヴ様と手を組みました」

「それも知って、……なんだと？」

「こ、婚約は破棄されましたが、私は他の誰でもなく、殿下に優秀者になっていただきたいのです。それからこちらを。ご、無事をお祈りしております、ので……」

渡す機会はないと思っていたから、震えて、手の中の不格好なミモザが揺れる。

押し黙ったままの殿下がどんな顔をしているのか怖くて見られないが、受け取ってもらえそうにない空気は感じる。義務感だけの元婚約者に『あなたのために唇を贄にしました』なんて言われても困るよね。ハンカチも腕に巻いていないだけで、レティシア嬢から受け取っていたのかな。今にも断り文句が聞こえてきそうで、徐々に手が下がる。

「お二方、もう本当にお時間がございません!!　失礼いたしますね!!」

半泣き状態の祭事官さんが私の手からハンカチを奪う。そのまま殿下の胸元に圧しつけると、私を引きずるようにして連れ出した。

え、ええ――――っ!!　そんなことってある??

私の一世一代の、なけなしの勇気を振り絞ったミモザの告白は、……なんと他者がバトンの要領で押しつける形で幕を閉じたのだった。

祭事官に支度部屋へ連れられた私は、目の血走った女官たちにより、瞬く間に着替えさせられ化粧を施されていた。とんでもな形の告白になり、最初こそ祭事官に一言物申し

たい気持ちでいたのだけれど、女官たちの手の動きが尋常ではないくらいに早くて瞼すら開けられない。時間が押してしまい多大なご迷惑を、と謝ることもできないので、心の中でそっと思っておくことにする。

「できましたわ！　はい、ご確認を！　よろしいですね、ではいってらっしゃいませ！」

一瞬だけ鏡に映していただいた私は、ギリシャ風の真っ白なエンパイアドレス姿のようだった。金細工の装飾品で彩られ、お化粧で少し大人っぽさが増していたような気もするが、なにせ一瞬すぎたので幻影だったかもしれない。

ご令嬢の夢で誉れなお役目という感慨もないまま支度部屋から押し出され、祭事官とともに早歩きで塔へと向かう。祭事官の見た目も相まって敏腕マネージャーのようだ。

「団体戦開始時の手順は頭の中に入っておりますね？」

ええっと、馬上槍試合の優勝者と塔に上ったらバルコニーに移って、ファンファーレが鳴りやんだら陛下に一礼して、錫杖を掲げて、そのときの手や足運びは……？

支度の最中も祭事官から延々と説明を受けていたのだが、細かすぎてあやふやだ。本来は支度部屋で一度リハーサルをするらしいが、そんな時間があるはずもなく。

がんばりますとしか言えない私を祭事官が渋い顔で見やる。

「団体戦後の手順は、塔に説明書きを用意してございますので、合間にご確認くださいませ。女官が一人、塔に控えております。わからないことがあればその者に」

たしか軽食も用意してくれているんだっけ。至れり尽くせりで本当にありがたい。

祭事官に連れてこられた石造りの塔は、闘技場の一角に張り出すように設けられていた。

闘技場の外側にある塔の入口前には、額に包帯を巻いたクレイヴ様が佇んでいる。右腕に私のリボンを結わえ、モノトーンの武装に緑色の宝石がよく映える。

「お、お待たせしました……っ」

「いいえ、時間ぴったりです。どうぞお手を」

後ろで息を切らしている祭事官のおかげか。ありがとう、敏腕マネージャー。

いってきますと祭事官に目で合図を送ると、力強い頷きとともに見送られた。

グローブを外したクレイヴ様に手を取られ、ドレスの裾を踏まないように注意を払いながら螺旋階段を上がる。

「殿下とはお話しできましたか」

「…………どうにか」

あの状態で殿下が優秀者を狙ってくれるかどうか。それに落ち着いて考えてみれば、口づけを捧げたいと言いつつ、無事を祈るハンカチを『感謝』だと思ってもらうのは、どう考えても無理があるのでは。『秘密の恋』ですって言っているようなものでは……。

「後はお任せください」

クレイヴ様はそう言ってくださるけれど、殿下の件以外にも懸念事項は山のようにある。

事前の対策は可能な限り打ち、アスコット様の団体戦出場がないとはいえ、前線医療の現場を経験する機を逸してよかったのかな、とか。原作は大健闘の末の感動のキスシーンだったけれど、儚さも魅惑さもない私からの口づけに、皆盛り下がったりしないのかな、とか。ファーストキスがいきなり公衆の面前というのも荷が重いし、望む相手でなければ悲しい思い出になってしまうのですが、とか。頼めば唇以外でも許してもらえるのかな。

ここまで来てうだうだ言う気はないけれど。きっちりお役目を果たして、あとは殿下に優秀者になっていただくことを祈るしかない。

螺旋階段を一番上まで登ると、木製の扉が一つ。扉の前にいた衛兵が扉を開けると、部屋の奥の大きなバルコニーが目に入った。

ざわざわとした喧騒がバルコニーの向こうから聞こえ、急に心臓が躍る。

クレイヴ様に手をひかれ、かしずく女官の前を行き過ぎバルコニーへと至ると、仰々しいファンファーレで迎えられる。

観覧席を埋め尽くす観衆に、陣営ごとに整列した騎士たち。ざわついていた会場が静まり返り、視線がいっせいに集まる。冷や汗がすごいけれど、後ろに下がることは許されていないので、音が鳴りやむまでとにかくまっすぐ立つことにのみ専念する。

クレイヴ様とともに国王陛下に向かって最上位の礼をとる。クレイヴ様が一歩分離れて跪いてから、私は加護を授けるとかいう錫杖を女官から受け取って頭上に掲げた。歓声が闘技場を埋め尽くし、一呼吸おいてから錫杖を下ろす。

頭の中で右手右足、両手で渡して次は礼、とか必死に思い返していたせいか、途中でよろめいてしまった。クレイヴ様に支えられ、なんとか倒(たお)れることは防げたものの、部屋まで戻ったとたん、緊張の糸が切れたみたいにへたりこんでしまった。

ヒロインの強心臓くらいないと厳しいんじゃないの、これ。

「いつかの再現のようですね」

そう言ってクレイヴ様が手を差(さ)し伸べてくれる。腰までは抜けていなかったみたいで、照れ笑いを浮かべるしかない。

「ご立派でした。さぞやみな、奮いたてられたことでしょう」

「それならば、慣れぬことに励(はげ)んだかいもございますわ。クレイヴ様こそ、あらためましておめでとうございます。ご活躍に胸が熱くなりましたわ」

「その前の試合でランドールが二撃加えていましたから。セラムにも助けられました。アスコット様の怪我を知り驚きましたが、リーゼリット嬢が処置をされたと伺いました」

重ねて感謝を、と告げるクレイヴ様に、私も救われたのだとどう言えば伝わるのか。

「……技量も気質もランドールの方が親子のようだとよく評されておりました。母だけは、遅咲(おそざ)きの才覚もあろうと見守ってくださいましたが、その望みも絶たれたかと。騎士としてこの身を立てられるとは夢にも思いませんでした。……必ずや、御身(おんみ)のために」

クレイヴ様は黒々とした瞳で私を見つめながら、手の甲に唇を寄せる。

動揺に固まったままの私を残し、扉の前で敬礼して部屋を去っていった。

「馬上槍試合の優勝者が配置につかれましたら始まりますので、それまでお召し上がりになられますか」

女官は慣れたものらしく、顔色一つ変えることなく勧めてくれる。石造りのテーブルの上には銀のトレーにサンドイッチやフルーツなど手で摘まめるものが用意されている。

朝から何も食べていなかったのと、恥ずかしさをふりきるために、一つ二ついただく。

同じテーブルには、紙面を埋め尽くすほどの団体戦終了後のお役目が書かれている。

支度の際に一度に言われなくてよかったわ。一息ついたばかりでまた頭をいっぱいにしたくはない。これは後程読むとして、まずは口づけの行方がどう決まるのかだ。

「団体戦の勝敗や優秀者の選定について、お聞きしてもよいかしら」

「騎士と従騎士には襟元と胸に貴石がついておりまして、どちらも砕かれ捕虜となるか、負傷により戦線復帰できない場合に離脱となります。貴石は役職で色分けされておりまして、砕いた貴石の数と色で戦績を競います」

泥仕合にならないよう工夫されているのね。そして離脱時にハンカチも失うと。

「ただし、大将は後方で指揮にあたることが多いですから、勝利陣営の大将には戦績が上乗せされます。そのため、相手の大将を討ち取り、かつ他の有力な騎士を多数破った者がいない限りは勝利陣営の大将が優秀者となります」

なるほど……美しい女性は勝利した陣営の大将の元へ、ただし特別よく働いた者に下賜されることもあると。褒章すらもえらく実戦形式な仕様なのね。

ということは、普通に勝敗がつけば優秀者はファルス殿下か公爵になるわけだ。

……殿下の活躍は本当に望めるのかな。この間の話し合いで諦めてくれたとは思うけれど、もともと私をファルス殿下にと望んでいたのだ。公爵を討ち取った騎士が多大な戦果を上げない限り、ファルス殿下を守り切りさえすればいいと思うのではないかしら。

胸元ほどの鉄柵に腕を乗せ、再び闘技場を覗いてみる。さきほどは余裕がなくてちゃんと見られていなかったが、二陣営それぞれ異なった陣が敷かれているのがわかる。

個人戦優勝者のいる側が美の女王を守るという体らしく、塔はクレイヴ様のいる王立騎士団側の陣を真後ろから望む形だ。

事前に殿下から伺っていたように王立騎士団側は王都を守る布陣のようで、大群が押し寄せにくいようにか、至る所に土嚢で壁が作られている。壁にはそれぞれ数人ずつ従騎士が控えており、一番手前の壁の背後には三つに分かれた陣を敷いていた。陣の中央後方に大将のファルス殿下、その隣にギルベルト殿下の姿が見える。

それに対し、公爵率いる領地のお抱え騎士の合同陣営はまるで矢じりのような形に従騎士が長槍と盾を並べ、陣の中腹には二台の投擲機のようなものまである。

クレイヴ様が位置についたか、両陣営の準備が整い、陛下が手を一閃した。

それを皮切りに公爵陣営が投擲機を放つ。大岩が土嚢を一部崩し、その壁にいた従騎士が退却を余儀なくされる。放たれるごとに大岩の飛距離が増し、陣の中腹へと迫った。

騎士団側は次々と飛んでくる大岩を避けて陣形が崩れていく。取れる行動といえば、重みで地面に埋まる大岩を一か所に移動させることくらいだ。

二機同時に射出された大岩から伸びるように、巨大な布がはためく。今度は視界を奪うのかと思いきや、なんと布に火矢がかけられた。油でも染み込ませていたのか、一気に燃え広がる。あんなの被ったら大火傷でしょ。模擬戦なのに、何を考えているの。

ファルス殿下の号令を元に銅鑼が鳴る。中央を下がらせ、陣形があっという間に変わる。即座の離脱が功を奏し、被害はなかったものの、火炎布で陣形が崩れた両翼に容赦なく重騎馬隊が押し寄せた。あの公爵、優しそうな顔をして容赦ないな。

再びの銅鑼の音に、横一列に並んでいた盾が衝突直前に斜めの陣形へと位置を変える。一部は盾を薙ぎ払い攻め入られているが、それ以外は燃える布か大岩の列へと追いやられ、逆に逃げ場を失っている。陣形移動が見事に決まった形だ。

一方で大岩が壁となり、公爵側は四方に注意を分散させなくてすむようにもなっている。

互いに譲らぬ知略戦、乱れぬ指揮系統。相手の陣をいかに崩し、誘い込み駒を削るかが勝負の分かれ目なのか。これは熱狂する人がいるのもわかる。

短期間で、領地から寄せ集めた騎士たちをまとめあげた公爵の手腕は見事なものだ。それがゆえに百戦錬磨と謳われた公爵にひけをとらない、若い知将が観衆には頼もしく映るのだろう。

おもしろい、のだけれど……肝心の殿下はというと、ファルス殿下の守護を担っているのか、傍から離れる様子はない。自陣の大将を死守し、その間に公爵陣営へ騎士が奇襲をかける戦法だとすれば、殿下が優秀者になれる見込みはない。

それに、知略戦に熱狂したり、昏の行方を気にしてばかりもいられない。陣形が崩れたところから騎士や従騎士が入り込み、乱戦状態になっているのだ。

重騎馬の突破力で将棋倒しになる者、倒れる馬の下敷きになる者、折れた槍が腕に刺さり血を滴らせる者もいて、見ているだけでもどんどん血の気が引いていく。

すぐに救護天幕に向かうのかと思いきや、ひどい傷でもない限り、動けるうちは場に残っているのだ。そして動けない者は従騎士が引きずり出し、伝授した運搬法で従者が救護天幕まで移送している。この分では救護天幕内は軽症者なんてほとんどいないだろう。

模擬戦だから、刃先は潰されているからと甘く見ていたことを痛感する。

熱中症予防にこまめな水分補給を、との申し出がいかに無謀だったかがわかる。

私が恐れていた、『病棟勤務しかしていない看護師の弊害』が出てしまった。

団体戦が終わるまで本当にここにいていいの？

いつか必要になる前線医療の現場を知らずに、その日を迎えて大丈夫なの……？

じりじりとした気持ちで闘技場を見つめていると、三度の銅鑼が鳴り、炎の消えた布の上を騎士団の重騎馬隊が一群となって駆け抜け、後を追うように騎士や従騎士が続く。クレイヴ様やランドール様たちが、手薄になった公爵陣営を叩くようだ。陣形の外まで出ると今度は反転して内側から横断し、後続が囲まれるのを防いでいる。

重騎馬がいくら戦車並みの破壊力でも、動きを制限されると弱いのだろう。

クレイヴ様が囲まれて馬を封じられ、武具を持ち替えて多勢に応戦している。

槍先に弾かれたのか、兜が外れてクレイヴ様の顔があらわになり、追撃を躱した際にバランスを崩して落馬してしまった。馬上に戻れるまで味方の従騎士が守っているけれど、すぐ馬上とはならないようだ。乱戦の合間から、馬の蹄に頭を蹴られそうになり、すんでのところで体をひねってよけるクレイヴ様が見えた。

危なっ、今のめちゃくちゃ間一髪だったでしょ……って。

番狂わせが起きてアスコット様の頭部手術を免れたと思っていたけれど、もしかして。

原作の冒頭でギルベルト殿下がクレイヴ様の同行を明かさなかったとかで、クレイヴ様は原作では降格も処刑もされず……クレイヴ様こそが原作小説でのエレノア嬢のお相手騎士で……私が親を呼びに行かせて降格されたけど、復帰したことで結果的に原作同様の状況になってしまった、なんてことは……な、ないよね⁉⁉　ないと言ってくれ！

血の気の引いた顔で見つめる先で、兜を失ったクレイヴ様の頭に剣が振り下ろされる。

やめやめ、やめてーっ！　もう無理。私だけこんなところでじっとしていられない。

もし頭部手術が必要になっても何もできないことは百も承知、でも救護天幕に向かえば猫の手くらいにはなる。美の女王の役目は団体戦が終わってからやればいいのだ。

塔の扉に手をかけるが、鍵がかかっているのか押しても引いても扉は微動だにしない。

突然の私の行動に、女官がぎょっとしたように追いかけてくる。

「救護天幕に向かいたいの、お願い開けて」

「何をおっしゃっているのですか。無理でございます」

まあ、そう言われるだろうとは思ったよ。

誰かいてくれとの思いをこめて扉をぺちぺち叩いて声をかけると、衛兵らしき声がした。

「この扉は開けられません。美の女王を奪いに来る、不貞な輩から護るためであります」

えーっ、なにそれ、そんな理由⁇

知らない人との口づけは嫌だと逃げ出したり、駆け落ちする令嬢でもいたのだろうか。

「私は逃げたりしませんわ。救護天幕でお手伝いしたいだけですの」

「は？　救護、ですか？　……いえ、何を申されましても開けられませんので」

ええい、わからずやめ。顔の見えない相手の声は硬く、このまま問答を続けていても扉が開くことはきっとない。

部屋を改めて見回せば、脱出はおろか自害もできないようになっているのがわかる。窓はバルコニーのみ、柵は私の胸ほどの高さ。家具はすべて作りつけで動かすことができない。用意された軽食はすべて手で食べられるものになっており、割れるような陶器やガラス食器もなければナイフやフォークも見当たらない。全身着替えさせられたのも、女官が常にべったりなのも、危険物を持ち込めないようにした意味もあるのか。

げんなりした心地で私が扉から離れると、女官がホッと息をつく。

見晴らし抜群の特等席かと思いきや、ここは軟禁部屋でもあったようだ。

残念だけれど、あなたにはこの後たっぷり驚いていただくのであしからず。

長いすに腰を下ろしたままお尻の下の敷布をびんと引き、強度と伸びを確かめる。やや強度と長さに不安はあるか。敷布を引き裂き帯状にしたものをつなげ、爪先が入る程度の輪をところどころにこしらえる。

「何をしていらっしゃるのでしょう……？」

「手慰みですわ。何かしていないと落ち着きませんの。知っていらして？　この輪を『結びの女王』とも呼ぶのですって。美の女王にふさわしい手慰みでしょう？」

うふふうふふと努めて上品に、まるで手芸でも嗜んでいるかのような微笑をたたえ、手だけは素早く動かしていると、女官は疑問符を浮かべつつも引き下がってくれた。

ベルリッツのロープワーク講座兼、ポーカーフェイスの特訓さまさまね！

布を編み込み継ぎ足してを繰り返していると、扉の向こうから言い争う声が聞こえてきた。それも、なにやら聞き覚えのある声が。

「扉が開かなければ、姉さまは必ず別の方法で塔を出ようとする。開けないなら……」

レヴィだわ。さすが、私のことをよくわかっている。

反して衛兵はレヴィのことを、私を攫いに来たとでも思ったのか、追い払おうとしているようなのだが……十一歳の子どもを捕まえて攫うも何もないでしょうに。

職務に忠実なのはいいことだが、柔軟性は大事だと思うわ。

「大丈夫よ、レヴィ。私のことは心配いらないわ」

あれでは扉が開くことは叶うまい。追い払う際にレヴィを傷つけられてはことだ。大事な従弟を安心させるべく扉越しに一声かけると、どういうことですか、とレヴィの焦った声が返ってくる。どういうことも何も、今から女官に扉を開けてもらうのだ。

救護の邪魔になりそうな装飾品を外してテーブルの上にことりことりと置いていく。

「え、えっ、何をなさっているのですか」

戸惑う女官をよそに、簡易はしごをバルコニーの柵から垂らした。塔の高さは三階建てほど。見立て通り十分な長さはないが、降りるぞとのポーズなだけだから問題なし。柵に沿って固定したので、柵に乗り上げる際の足場にもなる優れものだ。

簡易はしごの輪に足をかけて柵の手すりに身を乗り出すと、女官が慌てて止めに入った。

「嘘でしょう、誰か！　衛兵、こちらへ。美の女王を止めて！」

いい声だわ、その調子で騒いでね。

扉が開くまで女官との攻防を続けなければ作戦は成功しないので、ぐいぐい引っ張られても踏ん張らねばならぬ。チャンスは一度きり。警戒されてしまえば二度目はない。

少しの間のあと扉が開き、衛兵とレヴィの驚いた顔が視界に映る。今だと意気込んだせいか、女官に抗う力加減を間違えた。ぐらりと体が柵の外側に揺れ、あ、やばいと思ったときには柵の外側に体が投げ出されていた。あとは重力に従い、落ちていくのみ――

とっさに伸ばした手が簡易はしごの輪をつかみ、落下が一時的に止まる。振り子のように大きくしなる簡易はしごに両手ですがり、足先に触れる輪を探す。

あっぶな、こっわ、輪っかをいくつも作っておいてよかった……！

なんとか手と足で体を支えることができたが、一瞬でも全体重がかかった左腕が鈍く痛む。ちょっと筋を痛めたかな。脱臼は……していない、よかった。

闘技場内に視線が釘づけになっていた観衆も、宙吊りの私に気づいたのだろう。歓声とは別に悲鳴が聞かれる。まずい、とんでもない騒ぎになってしまった。

「姉さま！　……よかった、上がってこられますか？」

レヴィと衛兵が真っ青な顔でこちらを覗き込んでいる。下には下りられないので戻るしかないのだけれど、せっかく扉が開いたのに、これでは脱出できそうにないな。

「……今戻るわ」

柵までの距離は輪っか五つ分。一つ上の輪に手を伸ばすと、今一番聞きたくない音が、上の方から……。難ありと感じていた強度は、やはり私一人分の体重を支え切れなかったらしい。動けば落下する時期が早まるだけなのは明らかで、びきびきと糸がちぎれていくのをただ茫然と見つめることしかできない。

「飛べ、リーゼリット！　背中から来い！」

――聞き間違いじゃない。馬の蹄の音に混じる、殿下の声。

肩越しにわずかに振り返ると、こちらへと馬を駆る姿を見つけた。

タイミングはわからない。でも信じて飛ぶしかない。固くつかんでいた輪から手を離し、小さく身を縮めて背中から落下する。少しの浮遊感と心許なさのあと、う、と押し出されるような声を上げて、馬上の殿下の腕に閉じ込められた。

信じて飛んだけれど、本当に、受け止めてくれるとは思わなかった……。

「す……すみま、せん、助かりました……どこか、痛めたりは？　馬も大丈……」

「こ、の……、……っ、はあ……っ、おまえこそ無事か」

怒りでいっぱいだろうに、殿下は苛立ちを散らすように吐息をつき、気遣ってくれる。

「はい。……どうしてもじっとしていられなくて」

「わかっている、救護天幕に行くのだろう。近くまで送る」

団体戦のさ中駆けつけてくれただけでなく、私の思いを汲んで優先してくれる。この人の傍にいられる権利という、失ったものの大きさにあらためて気づく。じわりと滲む少しの寂しさを振り切るように、私は前へと向き直った。

救護天幕は王家の観覧席とは反対側の通用門を出た先にある。闘技場を斜めにつっきる方が早いけれど、場内は戦闘の只中だ。殿下は闘技場の外周を回って送るつもりだったのだろう、私を抱えたまま塔の傍の通用門へと向かう。すると、外に出ようとした殿下を衛兵が阻み、観衆もざわつき始めた。あれだけ防止策がとられていたのだ、すわ殿下との駆け落ちかと思われてもおかしくはないのか。

「聞け！　今期の美の女王は救護にあたる！」

殿下は馬を取って返し、闘技場に向かって声を張り上げた。近くの観覧席から『美の女王自身が救護される側ではなく？』と疑問の声が聞こえたが、それには答えず、殿下は次いで王家の観覧席へと視線を向けた。陛下に許可を求めているとわかって驚く。だって今、陛下の承認を得る前に告げたのだ。独断先行は最も避けていたことでしょうに。

国王陛下は遠目にもわかるほど愉快そうに肩を揺らすと、手をひらりとかざし、外へと出る許可をよこした。殿下はそれを目に留め、手綱を大きく引いて馬を反転させる。

「あの、よろしいのですか……その、いろいろと」

承諾前の独断もだが、持ち場を離れて問題ないのか、など疑問は尽きない。

「いいわけあるか」

苦々しい顔を見るに、本当に無理を押しての言動だったのだとわかる。

塔の入口前を過ぎる際、転げるように塔を駆け下りてきたレヴィが、私の姿を見てほうっと息をつく。

「レヴィにも心配かけてごめんなさい。扉を開けてもらうつもりだったの」

「いえ、ご無事で何よりです……」

レヴィは今にもへたり込みそうに力ない言葉を返すと、蒼白(そうはく)な顔を殿下へと向け、深々と首を垂れた。

「殿下、ありがとう、ございます」

「おまえのために助けたわけではない」

いつまでも顔を上げないレヴィを行き過ぎ、殿下は天幕の裏手へと送り届けてくれた。去っていく後ろ姿を眺め、ハンカチが腕に巻かれていたことに気づく。

ミモザの刺繍入りだといい。優秀者は望めなくともせめて殿下に怪我がなければいい。そう思い、私は救護天幕へと足を向けた。

単独行動は指揮の乱れや作戦の幅を狭める。特に陣営の中腹まで攻め込まれているこのタイミングで兄の元を離れるなど、本来ならあってはならないことだ。

それをわかっていてなお、飛び出してしまった。

叱責を覚悟して兄へ詫びると、陣を見据えたまま兄は小さく笑んだ。

「とっさのときほど本音が出るものだ。大丈夫、盛り返してきているよ」

兄の言うように、崩れていた中腹が持ち直している。

「クレイヴたちが作戦通り敵陣を崩したからね。右翼から攻め入る隙ができた。ただ、わざと誘い込まれているようにも見える。二手に分かれて向かわせようと思うのだけれど」

俺はどうしたいかを問う兄は、俺の変化にも気づいているのだろう。

ずっと、兄を陰から支えることが俺に唯一できることなのだと、最もこの身を生かせる道だと、疑ったことはなかった。あいつと会うまでは、この手がつかむものは何もないと。

「俺にも何かできるのかを模索する道は、兄様を裏切ることになりませんか」

「裏切るどころか、心強いよ」

微笑む兄に背を押され、馬を駆ける。騎士と従騎士を従え、敵陣に切り込む。

突き出される槍をよけ、盾で押し返しながら従騎士の間を進む。

兄への隠れ蓑になると言いながら、ずっとあいつを欺いてきたのだ。裏切られ、あれほど傷ついた顔をしていたくせに、俺を奮起させるためにクレイヴと手を組んだという。

だいたい、なぜまだ俺を表舞台に引き上げようなどと思うんだ。おかしいだろう。

リーゼリットが王太子妃となる道が絶たれたのであれば、俺とともに過ごすことはない。他の令息の方がよほど幸せにする。これまで通り兄と国に殉ずればいいと言い聞かせていた俺にミモザの刺繍を贈り、優秀者を願い、あげくには考える間も与えず落ちてくる。あいつが思い通りであったことなど一つもない。何度も何度も俺を揺さぶり、兄を救う道が一つではないと説く。無謀にも思えたクレイヴの騎士復帰を成し遂げ、塔での二人のように俺にもリーゼリットと共に祝福される日が許されるのではと願わせるのだ。

身を立てるでなく、兄を守るためにと磨いた剣技で相手の胸元の石のみを砕く。砕けた石の破片が頬をかすめた。迫る剣を凪ぎ払い、返す手で襟元を抉る。

「公爵はこの先に。お供します」

クレイヴが俺の隣についた。腰に提げた戦果は俺よりもずっと多い。後ろに控えた従騎士にも持たせているのだろう。挑戦的な目に煽られ、並走して石を砕きながら駆る。

剣を振るうこの身が軽い。公爵を守る騎士を一人二人と打ち破り、本陣をめざす。

「ははあ、私の相手は我が息子と王子、どちらかな？」

勇壮な猛者が剣を抜き、一切の隙のない構えに身震いする。

リーゼリットがいなければ、武勇を誇ることも、国随一の英雄とつばぜり合う機会も得られなかったろう。誰にはばかることなく栄誉を望む歓びに自然と口角が上向く。

「悪いが、息子とはまたの機会に頼む。手合わせ願おう」

「君、こんなところで何やってるの？」

　山積みの物資と搬送用馬車がごった返す中をよけながら進むと、救護物資の管理と不足分の手配を担当しているセドリック様に呼び止められた。呆れた様子に苦笑いで応じる。

「抜け出してきてしまいました」

「あいかわらず無茶するね。中に入るなら、せめてこれ羽織っていきなよ」

　さすがに借り物の真っ白なドレスはまずいよね。団体戦前に救護用に着替える予定が狂ってしまったから助かる。渡された予備のエプロンを身に着け、礼を言って奥に進む。

　二つ並んだ大きな天幕のうち、搬送用馬車が連なっている方は、搬送が必要な要救護者用の一時的処置用だ。事前の打ち合わせで私が担当する予定になっていた、もう一方の天幕をくぐると、一気に血の臭いが濃くなる。

　正面では医師が、止血帯を施した腕から、折れた槍の木片を抜き取っている。その隣では裂けた頬の縫合を、左奥では足に火傷を負った従騎士がべろんとめくれた皮膚の上から軟膏処置を施されている。新たな要救護者が運び込まれる際に、入口の覆いの合間から要救護者で溢れて列をなしているのが見えた。

野戦病院さながらの光景におののくが、固まるために来たのではない。

「お手伝いいたします、打ち合わせ通りでよろしいですか」

塔を抜け出してきた私に一瞬驚いた様子を見せた医師だったが、即座に指示をくれる。

「ああ、エレノア嬢のところへ」

短く返事をしてエレノア嬢の元へと急ぐ。

「助かります、止血帯が必要な方が増えてしまって」

私たちが割り振られていたのは、止血帯使用中の対応だ。エレノア嬢は要救護者の観察と、いくつかの砂時計を駆使して半時ごとに止血帯を緩めて医師に確認を依頼し、合間に軽症者に処置を施していた。修道院での手際の良さを思えばこれほどの適任者はいない。

ベッドや椅子で止血を待つ要救護者たちは、なぜ美の女王がここに、と目を白黒させているが、かまわずにエレノア嬢と手分けして処置にあたる。

止血帯による圧迫止血はなんとか形になっているようだが、思った以上に数が多い。

おそらく止血したまま病院に搬送される例も多いのだろう。隣は足りているのか。

「エレノア嬢、止血帯は空かないか」

「最低でもあと二十分はかかります！」

二十分間も人が押さえていては治療が後手に回る。砂のうで圧迫もできない位置だ。

「鉛筆と麻紐をお借りします！」

二本の麻紐を止血箇所に巻き付けた布に通しておき、結び目に鉛筆を差し込んで回す。血が止まったところで鉛筆の両側を麻紐で留めた。すぐに思いつける、再利用可能な方法はこれくらいだ。急場はこちらで凌いでもらうしかない。

向こうの天幕にも伝達を、との言葉を受けて、裏を回って隣に向かう。

突然現れた私に、隣の天幕にいたヘネシー卿はじめ医師たちは驚いたようだったが、腕の潰れた要救護者に送気球式の止血帯を施す様を目にし、やはり出払っていたか、と苦い思いで進み出た。移動時に拾った枝を利用し、手早く巻き上げ麻紐で固定する。

「止血帯が不足した場合はこちらの方法で。向かない箇所にこそ送気球式のご使用を」

ヘネシー卿の了承を合図に踵を返し、隣の天幕に戻って再びエレノア嬢と協働し、薬品の補充に裏手へ走ったりを繰り返す。目の前の処置に追われるばかりだが、トリアージはうまくいっているのか、天幕内外で怒号が聞こえることはない。

目まぐるしく動いていると鐘が鳴り、天幕内の医師や要救護者が一様に顔を上げた。

「やれやれ、団体戦が終わったか。ここからも正念場だ、動けていた者も列をなしてやってくるぞ」

戦闘が不要となれば、痛みを我慢して闘技場内に留まっていた人も治療になだれ込むということか。今以上に忙しくなるのだとぞっとしつつ、額に滲む汗をぬぐう。

「こっち、動ける奴は手伝ってくれ！」

一、二、三、四とのかけ声に、入口の覆いの合間に目を向ける。意識を失い運ばれてきた者がいたのか、要救護者たちが代わる代わる胸骨圧迫を施しているようだ。

誰かが出血の有無を尋ね、要救護者に胸骨圧迫の継続を依頼しているのが聞こえる。トリアージを担当している医官の声だろうか。

これほど医療者の手が空かないのだ。騎士たちが心肺蘇生にあたれるのは大きい。トーナメント前という、医師たちにとって慌ただしい時期に騎士団への講習を条件に据えたのは、前線を知るがゆえの国王陛下の英断だったというわけか。

どうやら意識を取り戻したらしい気配にホッと胸を撫でおろし、目の前の処置を続ける。

どのくらい時間が過ぎたのか、天幕が少し落ち着いた頃、額を布で押さえたクレイヴ様が姿を見せた。額から流れた血が、上衣の肩口を赤く染めてしまっている。

「そ、その傷はどうされたのです⁉」

「馬上槍試合での傷が開いただけですから、ご心配には及びません」

止血をお願いしたく、と請われるが、本当に止血だけでいいのかと戸惑ってしまう。個人戦でも団体戦でも落馬したところを見たのだ。直接頭を打っていなくても脳を損傷していることもある。件の騎士の疑いがある以上、頭部手術の懸念は捨てきれない。

医官のチェックは受けたのかと目を走らせると、怪我をした額を避けて、鎧の上腕部に印がついていた。頭部負傷時の確認事項はヘネシー卿へ事前に伝え、トリアージの基準に組み込んでいただいている。それを踏まえた上で、現時点での脳損傷の兆候はないということだ。それでものちに症状が出ることもあるため、過信はできない。

傷は入口前の水場で洗浄済みなので、止血用の油を塗布した布をあて、押さえながら包帯を巻きつけていく。巻きながらどうにも気になって、ちらちらとクレイヴ様の瞳孔を覗き見ていると、クレイヴ様が私の顔を見返しながらぽつぽつと話し始めた。

「あなたのリボンにも救われました。落馬の際にほどけかけたのを追って体をひねり、すぐ傍を馬が駆けていきました。でなければ今頃頭が割れていたことでしょう」

あいかわらず真顔で冗談かどうかわからないことを言う人だわ。上衣の刺繍といい、ポジティブな捉え方をするなあと思いつつ処置していたが、……まてよ。

原作のエレノア嬢は美の女王の承諾の際、投げキスを贈っていたのだ。投げキスでなく贈り物とした私の選択で、手術が必要な頭部外傷を防げたってこと？

ということは、やはりクレイヴ様が件の騎士――架空の乙女ゲーム内の攻略対象か。

……………今更わかってもね!?

「ご無事で本当に安心しましたわ……」

乙女ゲームという題材を下敷きにしている小説の世界だからか……。キーとなる選択肢次第で状況を変えられるのであれば、疫病対策やギルベルト殿下の負傷時の助けになれたらと思うけれど、私の記憶力では何が選択肢なのかの判別がつかないし、そもそも原作小説の主人公が攻略対象と関わらずに自力で解決していたために、記憶力どうこうの問題でもない。今回は運よくなんとかなっただけで、手当たり次第に対策を練るしかないことに変わりはないのか。ああ、ままならない……。

「本来はお返しするのですが、お守りとしていただいてもよろしいでしょうか」

腕に巻かれたままのリボンは両端についた宝石が一つ砕け、ところどころ糸がほつれてしまっている。あれほどの激しい戦闘でクレイヴ様を守ってくれたなら誇らしい。

「どうぞ。これからもクレイヴ様の助けとなりますよう」

包帯を巻き終え、血が滲んでこないことを確かめてから次の要救護者にあたろうとして、天幕内に殿下の姿を認めて手が止まった。見たところ怪我は擦り傷くらいだろうか。腕のハンカチの刺繍は——黄色くて少し不格好な、ミモザだ。

「式典の準備が整った。悪いが、これ以上は引き延ばせない。美の女王を借りるぞ」

殿下は、私がこの場を抜けていいか確認しに来たようだ。軽症者は式典のために闘技場に戻ったらしく、治療がすぐに必要な者も一時を思えばずいぶん減った。

医官が了承し、殿下が私の前へと来てくれたのだが……さあっと血が下がる。

すっかり忘れていた。団体戦終了後の役割についての説明書きを読んでいない。

「どうしましょう、この後どのように動けばよいか何一つ知りませんの」

「……壇上に上がって陛下の総評を伺い、優秀者に錫杖を渡して口づけを贈るだけだ。それに、多少手順が違っていても誰も気にしないだろう。これだけ異例ならな」

ぐいと頰を拭われ、自分の姿に思い至る。汗も何度か拭った覚えがあるし、お化粧も落ちているだろう。エプロンを外してみれば、白いドレスには至る所に血が散っていた。汗も何度か拭った覚えがあるし、お化粧も落ちていそうだ。

祭事官がこの姿を一目見たら卒倒してしまうのではなかろうか。私を呼びに来たのは祭事官でなく殿下なのだ、私が塔から落ちかけた時点でもう卒倒しているのかも。

「……このまま向かってよいと思われます？」

「いいのではないか、おまえらしくて。壇上に上がるのは俺だからな、気にはしない」

「なぜ殿下が？」

「俺が優秀者だからに決まっている」

え、なんで⁇⁇　あのあと、殿下が公爵を討ち取ったってこと？　公爵自身がファルス殿下のところまで攻め込んできたの？　ファルス殿下を守るためにいっぱい倒したから？

俺は活躍しないっていう宣言は？

疑問符で頭が埋め尽くされているうちに殿下と壇上に上がっていたし、なんなら国王陛下の総評とやらも始まっていた。我に返ったのは、総評に殿下の名が挙がったからだ。

「馬上槍試合の優勝者と団結して敵本陣に切り込み、公爵を討ち取った剣技は見事であった。臆すことなく挑む様は、見る者全てを高揚させたことだろう」

なんと。録画したものをあとで観ることができたらいいのになあ。

国王陛下の手放しの言葉に殿下はさぞと横目を向けるが、公の場での賞賛は殿下の意に沿うものではないのだろう。ただ静かに目を伏せるだけだ。

「また、今期は救護面の進歩もめざましい。負傷者の搬送を単独でなしえたことに加え、救護天幕での治療が迅速に行われたことにより、場内の戦力を維持するに至った。近隣の病院からも、一人の死者も出ていないとの報告を受けている」

その言葉に、準備していたことが無駄ではなかったことを知る。今はちょっとだけ自分を褒めてあげたい気分だ。もちろん、課題は多く浮き彫りになり、アスコット様のギプス包帯のフォローも、傷口からの破傷風のリスクだって残っているのだけれど。

「功労者である今期の美の女王、リーゼリット・フォン・ロータス嬢に盛大な賛辞を」

な、なんだってーっ⁉　陛下、あなた私のことは内密にしてくれるって初めて謁見した日に言っていたよね？　あれは『ファルス殿下の恩人』であることに限っての話とでも？

騎士たちや観衆が割れんばかりの拍手を送ってくれたって、ぜんっぜん嬉しくない！

「過分なほどのお褒めの言葉に恐縮しておりますの。芳しい結果ではないため、このように讃えられては……」

「おや、何か不満か」

「ほう。成功も失敗も糧にできる者の方が、強くしなやかにあたれるのであろう？」

　いつかの言葉をそのままそっくり返されて、口をはくはくさせているうちに『貴殿の今後の活躍になお期待する』と締めくくられてしまった。

総評のあとは私の出番だ。……この流れで⁇

あうあうしながら女官から錫杖を受け取り、手順も何もあったものではなく、跪く殿下へと渡す。そのまま殿下が静かに目を伏せたということは……もうですか、神様‼

おしゃべりに花を咲かせてくれれば良いのに、騎士も観客も静まり返っている。

　この大観衆の中で初めてのキスというのは元喪女にはいささか厳しすぎるよ。全員目を閉じるか、あっちを向いていてはくれないだろうか。願ったところで叶うまいが。

　殿下の肩にそろりと手を乗せ、顔を寄せる。緊張で膝ががくがくなので屈めもしない。

「少し、お顔を上げていただけますか」

　すいと上げられたきれいな顔には、細かな擦り傷が目立つ。武装の石も一つ欠けている。殿下は自身の主張を曲げて、優秀者になってくれたのだ。義務感だけの元婚約者の、私の願いに応えてくれた。これだけの大観衆に、自身の武功を示してくれたのだ。

　その誠実さと不器用さが愛しくて、きゅうと目を閉じ、想いを乗せて唇を合わせた。

唇が触れた瞬間、殿下の体が揺れる。落ち着いて見えても実は緊張していたのか。

……そして、どのくらい続けるものなのだろう。止めていた息が、もう。

おずおずと唇を離して目を開けると、瞼を下ろしていたはずの殿下は目を見開き、小さくよろめいた。それだけでなく口元を掌で覆い、首まで赤く染めている。

あの、反応がかわいいんですけど。

静かだった闘技場が一気に沸き、殿下の反応を尊ぶにしては何かおかしいと気づく。

「ばっ、おま……っ、何……、これは、額に、するものだっ」

ひたい。えっ、額なの⁇⁇　え、だって原作では……まさか、あれが特例⁇

「……まさかおまえ、優秀者が誰であっても口にするつもりだったのか？」

「するわけないでしょう⁉　私の、は、初めてですのよ？　もし相手が殿下でなければ、別の場所でいいかと食い下がっておりま…って、あ、ちがっ……」

何を言っているんだ、私は……っ！　いや、もうむり、おうち帰らせてください。

へなへなと力の抜けた体を殿下が慌てて支えてくれたのだけれど、殿下の形のいい唇が近くてそのまま意識を手放したくなる。

「今からまだ一仕事あるんだが……」

聞けば、一緒に馬に乗って闘技場内を一周するらしい。

なにそれ、このあとに⁇　恥の晒し方が市中引き回しレベルじゃないか！

全力で首を左右に振ってみたが聞き入れられず、殿下とともに馬に乗る。拍手で迎えてくれるけれど、観衆の顔なんてとてもじゃないが見られそうにない。

ちらほらと『ギルベルト殿下、もしかしてかわいい？』との戸惑いの声が聞こえてきて、

どんな顔をしているのか見たいのだけれど……なんて諸刃の剣なの??

それでも、広い闘技場を馬の背に揺られ続ければ衆目や歓声に慣れてくる。ひらひらと小さく手を振ると、気が緩んだためか、すっかり忘れていた左腕の痛みがぶり返した。

「どうした。落ちた時に痛めたか」

「冷やせば良くなりますわ。殿下こそ、お怪我はございませんか」

「おまえの祈りが効いたらしい」

ハンカチを暗に示され、ドキリとする。

「殿下はなぜ優秀者をめざされましたの？」

「まあいろいろあるが……おまえが塔から落ちてきたからだな」

……みじんも良い理由ではなかった。

こんなにがんばってくださったのだから、少しくらいはと期待していたのに。

「それから、このミモザだ。さすがにこの意味はわかる」

ハンカチの巻かれた腕をぐいと寄せられ、不格好な刺繍が目前に迫る。やはり、口づけを捧げたいと言いながら、ミモザを『感謝』の意だと思ってもらうのは無理があったか。

そういえば、気持ちに区切りをつけるために用意したハンカチを、あんなバトンみたいに受け取ってもらった場合はどう判断したらいいんだろう。結局、レティシア嬢が殿下にハンカチを贈っていたのかも不明なままだ。イレギュラーすぎて何もわからない。

「おまえこそ、文句の一つもないのか。俺にずっと謀られていたんだぞ」

「レヴィの一件がありましたから……」

ああ、と今度は殿下が遠い目をする番のようだ。なんだか、この応酬すら懐かしい。

「ファルス殿下のことがなければ、私と過ごした日々は少しでも楽しいものでしたか？」

砕けた会話で気が抜けたせいか、ずっと聞けずにいたことが口をついて出た。

「どうだろうな。おまえが王太子妃になることを分けて考えたことがなかったから。だが、苦しくてもいいから少しでも長くおまえと過ごしたいとは思っていた」

すごく嬉しい。それだけでもう十分だ。本当に、義務感だけで傍にいてくださって、負担ばかりかけていたのかと思っていたから。

ほわほわした気持ちで殿下に背を預けているうちに闘技場を回り終えてしまった。

正門を出ると、少しだけ歓声が遠くなる。

殿下が手綱を引いて馬の歩みを止めたことで、一緒にいられる時間の終わりを知る。

少し寂しい気持ちで、支えてくれている殿下の腕が離れるのを待っていると、リーゼリットと名を呼ばれた。この落ちついた声音も好きだったな、と振り返る。光に透けた赤い目が、小さく揺れる。

「叶うならおまえともう一度、……いや、今度は仮初ではない婚約をしたい」

「……え、……今、何と？」

「正式に、結婚の約束をしたい。俺が変わるきっかけをくれたのは他の誰でもない、リーゼリットだ。まだしばらくは苦労をかけるとわかっていても、おまえを諦めたくない。いつか必ず、おまえが言ったあの言葉を聞かせると誓う。受けてくれるか？」

目を丸くして固まったあと、ぶわぶわと指の先まで暖かさが染み渡っていく。

「とても、……とても嬉しいです。お聞きしたいです、殿下」

思っていたよりずっと好意を持ってくださっていたことに、驚きを隠せない。何よりも殿下の変化がこの一時だけでないことが嬉しい。思うままその人柄や能力を示せるのだ。

「……ですが、レティシア嬢はどうなります？　婚約破棄の撤回も可能だとはとても」

レティシア嬢は婚約者候補のままだと言っていたけれど、絶対に気分の良いものではない。妃殿下だってあんなにもレティシア嬢を推していたし、トーナメントでの殿下の活躍を差し引いても、外交面での支援の方が喜ばれるのではないだろうか。

しかも私は衆目の中、塔から脱出を図り、宙吊りになるような令嬢なので……。

「……いや、おそらくだが、その点は問題ない」

そんな楽観的なと訝しみつつ、反対される覚悟をして妃殿下の元へ向かったところ。

「ギルベルトの初恋が叶ってよかったわ。リーゼリット嬢がもう少し落ち着いてくださるとなおよいのだけれど。それはまたおいおいかしら」

私と殿下用の婚約誓約書を手ににこやかに告げられ、今度は妃殿下の掌のうちだったことをようやく理解した。

「いつから……いつから殿下はお気づきに？」

「おまえとの婚約破棄を外交上の理由としたのに、レティシア嬢との婚約がちっとも進まなかったからな」

「博覧会での報告を受けて、レティシア嬢に一芝居打っていただいたの。婚約者候補だったことも私が推していたことも本当よ。けれど、二人とも本意ではなかったようだから」

諸々考慮した上での最善の策をとのことなのだが……レティシア嬢のあの耳打ちはそういうことか……。このえげつないご両親の元で私はやっていけるのか。

多難な前途に打ち震えていると、殿下に手を握り込まれた。

「俺はもう逃してやる気はないのだが」

何かがふっ切れたような殿下は顔つきすら違っていて、驚きと羞恥が私を襲う。

ああどうか、私に見せる少しの隙くらいは残しておいてくださいね。

エピローグ

殿下の活躍を拝見できないものかと思いはしたが、まさかこんなことになるとは。

数日後、晴れて正式な婚約者となった私たちは、お騒がせしたお詫びも込めて各所を回り、ファルス殿下の元を訪れていたのだが。

「はじめは団体戦の戦績を書き起こそうと思ったんだ。そうしたら、エレノア嬢が進言してくれてね。トーナメントでの様子から、大衆文学のモデルとしてギルベルトが親しまれるのではないかと。とてもいい案だと思って、すぐにプロに依頼したんだ」

なるほど、それでこの原稿の束なのか。これなら公爵のように、広く殿下を知っていただくきっかけになるものね。名前を少しばかりもじっただけの、容姿の特徴や境遇がガンガンに盛り込まれた、誰が見ても私と殿下だとわかってしまう、この本で……。

「クレイヴの了承は得たから、あとはギルベルトとリーゼリット嬢の許可だけだ」

ファルス殿下はそう言うと、にこやかに私の返事を待つ。その顔には『君、協力するって言ったよね、まさか断りはしないよね』という文字が透けて見えるようだ。

さすがにあぶり出し云々の記述はないものの、殿下の許可は出まいと隣に視線を走らせれば、理解の範疇を超えてしまったのか、文字を凝視したまま固まっている。

「ご安心ください。リーゼリット様の魅力は、私が余すことなくお伝えしましたわ」

自信を持ってお届けできます、とエレノア嬢が力説するのだが、問題はそこではない。

「ギルベルトの箇所は僕の監修つきだから、そちらも心配いらないよ」

兄の欲目入りすぎと思うほど、かわいさとかっこよさが増していたけどね。そこはたいへんにおいしいのでいいとして、私は美化されすぎて実物との乖離が半端ない。

こんなに愛らしくもなければ、聖人君子でもないんですけど⁇

これを読んで期待してしまった方が、実物を見て詐欺だと言いかねないか？

「あの、私こんなに素敵な方ではないです……」

エレノア嬢はきょとんとするばかり。ああ、眼に一切の曇りがない。

「兄様、俺はこのような甘え方は……さすがに……」

震える指で殿下が指し示すのを、ファルス殿下はにこりと笑顔で受け流している。

どこが優しい兄なんだ。妃殿下そっくりの、とんだ食わせ者でしょうに。

題名はこれでいこうと思っている、と見せられた表紙案にツンデレの四文字を認め……私はツンデレ流布という誘惑に抗えず、こわばる首を縦に振り降ろしたのだった。

最大の味方を失った、殿下の運命はいかに。

あとがき

本著をお手に取ってくださりありがとうございます。

着々と身を引く準備を進めるギルと、黙々と医療に勤しむリゼの不器用すぎる両片思いがついに……ここまできました……！

こうして二人の恋の道行きをお届けできましたのも、応援してくださった読者の皆様、制作にあたりご尽力くださった関係者の皆様のおかげです。心より厚く御礼申し上げます。

一巻から引き続きお世話になりました担当編集様、感染症情報センターの臨床検査技師様、元自衛隊の救急救命士様。このお三方がいなければ、これほど深みのある内容にはできませんでした。リゼ同様、人の縁に助けられていると実感しております。

そして、本著の作画とコミカライズをご担当くださっている小田先生。世界観をありありと表現し、リゼたちを生き生きと描いてくださって本当にありがとうございます。

世情はまだ落ち着きませんが、本著が少しでも皆様の楽しい時間のお供となりますよう。

さと

■ご意見、ご感想をお寄せください。
《ファンレターの宛先》
〒102-8177 東京都千代田区富士見2-13-3
株式会社KADOKAWA ビーズログ文庫編集部
さと 先生・小田すずか 先生

●お問い合わせ
https://www.kadokawa.co.jp/（「お問い合わせ」へお進みください）
※内容によっては、お答えできない場合があります。
※サポートは日本国内のみとさせていただきます。
※Japanese text only

悪役令嬢は夜告鳥をめざす 2

さと

2022年2月15日 初版発行

発行者 青柳昌行
発行 株式会社 KADOKAWA
〒102-8177 東京都千代田区富士見 2-13-3
（ナビダイヤル）0570-002-301
デザイン 世古口敦志＋前川絵莉子（coil）
印刷所 凸版印刷株式会社
製本所 凸版印刷株式会社

ISBN978-4-04-736920-7 C0193

定価はカバーに表示してあります。
◇◇◇